竜転だお！1

文月ゆうり

Yuuri Fumitsuki

RB
レジーナ文庫

登場人物紹介
◀ギル
主人公のひと目惚れの相手。傭兵団の一員だが、もとは高い身分のようで……
▶主人公
ピンク色の子竜。竜騎士とともに国を守る存在になる“騎竜”の候補。
▼子竜たち
主人公と一緒に育った仲間。それぞれ、白、赤、黒、青、黄緑、黄色をしている。

▶カイギルス
主人公の兄。
美しい銀色の竜にもなる。
▲ファナ
子竜たちの世話をする“白き乙女”。
▲ガッドゥ
傭兵団の団長。
竜と深いかかわりがある。
▶ラティ
ギルに拾われた少年。

目次

竜転だお！ 1

プロローグ

こぽりという音とともに、目の前に泡が浮かんでいく。

その泡の行方《ゆくえ》を追い、視線を上げる。だけど見えるのは、真っ暗な闇《やみ》だけだ。

逆に下を見ると、黒と白でわけられた市松《いちまつ》模様の床がある。その床から、泡が上がっているのだ。

ここは水のなかなのだろうか――

いや、ちがう。だって、私は呼吸をしている。ここには、空気があるはずだ。

じゃあ何故《なぜ》泡が浮かんでくるのだろう？　首を傾《かし》げたが、直《す》ぐに「まあいいか」と流した。気にしても仕方ない――そんな気がするからだ。

私は、くるりとその場で回ってみた。視界に、水色のスカートが広がる。裾《すそ》に白いフリルがふんだんに使われている、可愛《かわい》らしいスカートだ。

両腕を見ると、スカートと同色の袖《そで》もフリルがいっぱいで、手首に向かってぴらぴらと広がっている。

女の子らしい服装に嬉しくなり、私は軽く飛び跳ねる。

だけど、バランスが崩れ、後ろへ体が傾いてしまった。

気づくと何故か、コーヒーカップに座っていた。遊園地とかにある、あの回る乗り物だ。

そして回りだすコーヒーカップ。

私は何もしていないのにそれはやがてスピードを上げ――

揺れる、私の胃。

気持ち悪い。

視界がぐるんぐるんと、回る。周囲の景色が何も見えなくなるほど、コーヒーカップは異常な回転をしている。

気持ち悪い。胃が、気持ち悪い。それに速すぎて怖い。

回すな、揺らすなガクガクさせるな！

気持ち悪い！

第一章　竜転だお！

「ぎゅうぎゅうぃぃぃ……っ！」

自分の呻《うめ》き声とともに、目が覚める。

体がゆさゆさと揺れているのは、意識が覚醒《かくせい》して直《す》ぐにわかった。だって、凄《すご》い揺れているんだから。

夜中なのか、あたりは薄暗い。それでも、自身に起きている異常ぐらいちゃんとわかるのだ。

「ぎゅっぎゅー！」

気持ち悪い！

そう叫んだつもりの声は、奇妙な音だった。

私の口から出る、声とならない、音。

そして、私の叫びに返ってくる声もまた、奇妙な音。

「きゅうー……」

しょんぼりとした響きからは、相手の『ごめんね』という謝意が感じられる。

そうだった。言葉を紡《つむ》げなくとも、私たちは互いに言いたいことがわかるのだった。

「きゅっ！」

私は横になっていた体を起こして、夢の世界に居た私を揺さぶり起こすという暴挙に出た相手を睨《にら》みつけた。視界はとっても低いけど、相手も同じ身長なので視線はバッチリ合ってる。だから何の問題もない。

コーヒーカップの夢を見たのは、絶対揺さぶられたのが原因だ。本当に怖くて、気持ち悪くなったんだからね！

闇《やみ》に慣れてきた私の視界に、小柄な姿が映る。

三頭身ほどの、小さく丸い体。薄い鱗《うろこ》が光るツルツルの肌に、瞳孔《どうこう》が縦長になっているくりくりの瞳。頭部の両サイドには、細い骨のようなものが等間隔に生《は》え、その骨の間は薄い膜《まく》が張っている。そこが、耳としての機能を持っているのだ。ちっちゃな爪のついた、ちっちゃな手足。まだ細い尾は、くにっくにっと動く。

その姿の名を、私は知っている。

これはまさしく、竜。

その小さな竜が、しょぼしょぼと落ち込んだ様子で私を見ている。

因《ちな》みに、鱗《うろこ》の色は薄い青色だ。
ついでに言うと、私も目の前の小さな竜とほぼ同じ姿をしている。
――そう！
私は、偉大なる竜……の、赤ちゃんである！
ちやほやされ放題の、赤ちゃんである！
可愛《かわい》がって～!!
……とまあ、それは置いておくとして。
『なんで、こんな真夜中に起こしたの！』
そう言って私は相手を詰問する。
おかげで悪夢は見るわ、気分は悪いわ、眠くて目がしぱしぱするわで、最悪だ。
小さな竜――私は、青いのと呼んでいる。だって私たちには、まだ名前がないから――
は、申し訳なさそうに一声鳴いた。
「きゅー……」
うむ、簡単に訳すと、夜の闇《やみ》が怖いから、トイレについて来て欲しいそうだ。
お前は、林間学校に行った小学生かっ！
とツッコむのを、何とか堪《こら》えた。

そもそも『林間学校』とか『小学生』なんて言っても、通じないはずだし。

だってその知識は、私にしかないから。

実は、私は前世、人間として地球に生きていたらしい。そのときの記憶を持ったまま、私はこの世界で竜の赤ちゃんとして生まれ変わっているのだ。

前世の私は、地球という星に住む日本人だった。その記憶が私にはあって……不思議だけど、あるものはあるのだから、今世の私は普通にそれを受け入れている。

そんなわけで今、私はファンタジー生物生活を満喫《まんきつ》中だ。

そう、ファンタジー！　竜が居るこの世界は、地球からしたら異世界なんだよ〜！

私のなかにある親竜から受け継《つ》がれた知識によると、ここはカサトア王国という、竜と人が絆《きずな》を築いている平和な国だ。そしてこの世界には、ファンタジー世界らしく、魔法がある。

でも残念ながら竜は、魔法を使えないのだ。しょんぼり。水とか風とか、操《あやつ》ってみたかったなぁ……。

と、閑話休題《かんわきゅうだい》。

今、私の目の前で、青いのが闇を怖がっている。その理由に思い当たり、私のなかに小さな罪悪感が芽生《めば》える。

いや、その……ね。実は昼間に、青いのを含めた子竜たちに、怪談話を披露しまくっちゃったのだよ。ちょっと暑かったし、涼しくなるかなぁと。日本人だったころの知識をもとにした、がっつり怖い話を、ね。それも、かなり臨場感ある話し方で。我ながら上手な語りだったと自画自賛したんだけど……

皆、見事に怖がってくれちゃって。夕食の時間も涙目でビクビクしてたりして、やりすぎたかなぁ、と反省していたのだ。

私たちが居るのは、子竜専用の飼育部屋で、私と青いのを入れた計七匹の赤ちゃん竜が寝食をともにしている。

他の皆の姿を探したら、こちらも部屋の隅《すみ》でみっちりと身を寄せ合って寝ている。ああ、皆も怖かったんだね。これは猛省《もうせい》せねば。

『仕方ないなぁ』

うむ、原因は私なのだから、トイレぐらいついて行ってあげよう！

『ありがとう！』

青いのは、嬉しそうに鳴いた。罪悪感再びである。

二匹連れ立って室内に設置されている厠《かわや》へと向かう。

厠は個室となっているので、青いのは小さなドアを器用に開け、なかに入っていった。

外で待機している私は、時折なかに居る青いのに声をかけてやりつつ、物思いに耽《ふけ》る。

さっきまで見ていた夢のなかで、私は人間だった。懐かしい目線、体の感触。可愛《かわい》い服を着ていたなあ。

竜の赤ちゃんとして生を受けてから、三ヶ月ほど過ぎている。なのに、私の人間としての意識は薄れる気配がない。

竜に転生というびっくり体験が、まさか自分の身に降りかかるとは思わなかった。

「くるるぅ……」

何だかしんみりとしてしまい、鳴いてみる。

赤ちゃん竜が、母親を呼ぶ鳴き方になってしまったのは、きっと恋しくなったからだろう。

それが、人間だったころの思い出に対してなのか、それとも、記憶は薄いけれど卵から生まれたばかりのころに引き離された、母親竜へのものなのか。

感傷的になっている私には、よくわからなかった。

しばらくして、青いのが厠から出て来たので、一緒に皆のところに戻る。

そして、みっちりとくっついて眠る子竜たちのなかに、二匹揃ってこれまたみちっと入り込む。

……嫌な夢を見たあとに、皆と離れて眠る勇気が、私にはなかったのである。

翌朝、きゅいきゅい～というにぎやかな子竜たちの鳴き声で、目が覚めた。

きょろきょろと周りを見回すと、窓から差し込む朝日で明るくなった部屋のなか、思い思いに遊ぶ皆が居る。非常に楽しそうで、昨夜のみっちり具合が嘘みたいだ。

良かった、良かった。

実は気にしていたのだよ。私の怪談話のせいで、皆の心に何かしらの影響が出ていたらどうしようと。

しかし皆は、昨日の恐怖などなかったかのように、絶賛お遊び中だ。

それを見て、私の後ろめたさは完全に消えた。

ならば、私も皆の輪に入りたい。

「きゅっきゅー」

私は走り出そうとして、ふと、床の上に何かがあることに気づいた。

床に敷《し》かれている、真っ白なシーツ。これは、子竜の寝床代わりにもなっている。

「きゅー！」

なんとなく心惹かれ、あまり深く考えずに、私は白いシーツを頭から被った。

『お化けだぞーう！』

私はゆらゆら体を揺らしながら走った。皆のもとへ。

「ぎゅいぃぃぃぃ!!」

瞬間、六匹分の悲鳴が響き渡る。

この悲鳴は、人間で表すならば、「きゃあぁぁ！」ではなく、「ぎゃいあぁぁぁおぉおう!!」という、叫びに近い悲鳴になっている。つまり、子竜たち、恐慌状態である。

昨日の怪談話は、子竜たちの心に深いキズを負わせていたようだ。

でも走り出した私は、止まらない。――止まれない、とも言う。なぜなら、遊びたい心が暴走していて、もう私の意思ではどうにもならないからだ！

『うわーん！　怖いよー！』

被ったシーツ越しなので、何も見えないが、絶えず聞こえる悲鳴から察するに、子竜たちは逃げ惑っているに違いない。それでも私、止まれる気配なし。

本当に、なんか、ごめんなさい！

子竜部屋の阿鼻叫喚《あびきょうかん》は、騒ぎを聞きつけた世話役の人たちが来るまで続いたのである。

因《ちな》みに、子竜たちの悲鳴は、離れた場所にある、成竜《せいりゅう》――大人の竜のこと――たちの竜舎にまで届いていたようだ。竜は、種族愛が強い生き物である。成竜《せいりゅう》は、子竜をとても可愛《かわい》がっている。

だからこの悲鳴に、成竜たちは子竜に何かあったのではと、相当動揺したらしい。子竜たちの比ではない騒ぎになったと、世話役の長《おさ》からこってり絞られた後に聞かされ、私の胃はキュッとなったのだった。

本当、もう、すみませんでした。

◆◆◆

同時期に卵から孵《かえ》った私たちは、今が遊びたいさかりだ。毎日、元気いっぱいに過ごしている。

子竜の朝は早い。一匹が起き出せば、他も倣《なら》うかのように次々と起きてくる。

そして、遊ぶ。ひたすら遊ぶ。じゃれつき、転がり回る。

白熱してくると、ごんごんと頭突きをしたり、体当たりが始まることもある。

頭突きあたりで、まず青いのが泣き出す。青いのは、『守護壁』を作るのが下手なので、他の六匹よりも痛い思いをしてしまうのだ。青いの、強くなるのだよ。

『守護壁』という白い光は、竜が使える防御の魔法陣らしい。魔法陣と言っても、魔法ではない。竜にしか使えない特殊能力のようなものだ。

成竜になったときに、たいへん重宝《ちょうほう》するのだと聞いている。

そして、泣き出した青いのを慰《なぐさ》めるのが、白い鱗《うろこ》が輝く子竜──白いのである。

白いのは、七匹のなかで一番の気配り屋さんなのだ。

「うぎゅっ、ぎゅにゅっぐ……っ」

『よしよし』

ぐしゅぐしゅと泣く青いのの頭を、白いのは撫でて慰めている。

その横では、白いのとは対照的な漆黒の鱗を持つ子竜──黒いのが、ちょこりと座っている。

黒いのは寡黙《かもく》な質《たち》で、あまり鳴き声を上げたりしないし、何を考えているのかわかりにくい。とはいえ、普段は部屋にある遊び道具でじゃれているから、遊び心は一応あるはず。

怪談話も怖がってくれたし！

今の黒いのは、多分白いのと一緒になって青いのを慰めているのだと思う。

無口だけど、情がないわけではない。黒いのは、そんな子竜だ。

青いのたちから少し離れた場所では、黄色の鱗《うろこ》と黄緑色の鱗を持つ二匹の子竜が、きゃっきゃっと歓声を上げている。

私が、黄色と黄緑と呼んでいる彼らは、同じ母竜から生まれた。卵は当然別々だが、いわゆる双子と呼べる間柄である。なので、凄《すご》く仲が良い。何でもわかり合っているという雰囲気が、ひしひしと伝わってきて、ちょっと羨《うらや》ましくもある。

そんな仲良しな二匹が歓声を上げている先に、私は居る。

正確には、私ともう一匹。

赤い鱗を持つ子竜——赤いのは、額《ひたい》のあたりにぽわっと光る円形の光を纏《まと》い、私に突進してきていた。子竜たちの遊びの一つ、体当たりを私に仕かけているのである。

私にも、闘争本能はあるのだ！

「きゅにゅっぎゅぐぅぅぅ！」

気合を入れて、私は後ろ足を踏ん張り、赤いのと同じように白い円形の光を額に纏い、赤い彗星《すいせい》と化した赤いのを待ち構える。この白い光は守護壁だ。

「きゅっきゅーい！」

実に楽しげな鳴き声を上げ、赤いのは守護壁ごと、私の守護壁にぶつかってくる。

その威力ときたら！　踏ん張った後ろ足が悲鳴を上げ、私の姿勢は赤いのの力に押し

負けるように、どんどん低くなっていく。

バチバチバチッ！

ぶつかり合う守護壁が、鋭い破裂音を放つ。

因《ちな》みに、子竜の頭突きや体当たりといった遊びは、守護壁を扱えるようになる為の練習でもあると思う。

「きゅきゅーう！」

「ぎゅぎゅぎゅぅ！」

二つの鳴き声のどちらがどちらなのかとか、愚問であろう。後半の、スッゴく苦しそうなのが、私である。

バッチィと一際《ひときわ》鋭い破裂音が鳴り、私の守護壁が大きく歪《ゆが》んだ。まずい、体勢が崩れる。

『いっくぞー！』

赤いのは自身の守護壁の形状を大きく変えていく。平らな盾《たて》の形から、先端が尖った円錐形《えんすいけい》へと。擬似的な角を、守護壁で作り上げたのだ。

守護壁の扱いは、七匹のなかで、赤いのが一番上手い。

そして、再度の突進である。

「きゅううううう！」

完全に押し負け、はじき飛ばされる私の視界に、私たちの勝負を観戦していた二匹が歓声を上げているのが見えた。くそう、後で覚えてらっしゃい！

そして、赤いの。もう、お前は最強だよ。私たちじゃ、勝てない。先輩の成竜《せいりゅう》さんたちに相手してもらってよ。七匹のなかじゃ二番手の私でも、全然敵《かな》わないんだから。

赤いの、本当に、強……

「きゅふううう……っ」

舞い上がった私は、青いのたちの方に落下した。

偶然じゃない、計算だ。

いや、疲れたのだよ。癒《い》やされたいのだよ。

白いのー！　慰《なぐさ》めてー！

「きゅうきゅう」

すり寄る私を、白いのが抱きしめ返してくれる。白いの、優しい。

そして、赤いのは、未だにハッスルしている。元気だな、忌々《いまいま》しい！

そんな、いつもの朝の時間を過ごしていたら、突然規則的なノック音が響いた。

途端に動きを止める私たち。

視線は、飼育部屋の出入り口である頑丈な扉に集中する。

私も、うずうずしながら扉が開くのを待っていた。すると、ぎぃぃという重低音を響かせ、扉が開いた。そして、白いワンピースを着た十七、八歳ぐらいの少女が数人入って来る。

世話役の女の子たちだ！

『わーい！』

『おしょくじだー！』

女の子たちに群がる私たち。

因《ちな》みに、私たちの身長は女の子たちの膝よりも低い。本当にちびっ子である。

「さあ、子竜さまたち。お食事をお持ちしましたよ」

女の子のひとりがそう言った。

「きゃうきゃうきゃう！」

はしゃぐ私たちに、彼女らはトレイの中身を見せてくれた。世話役の子たちは、子竜の言葉がわかるのだ。

「今日は新鮮な、ミルアとルシュカの実ですよ」

ミルアは、りんごみたいな形をした果実である。ルシュカの実に関しては、個人的いや、個竜的？　――まあ、いいか。とにかく私としては、コメントしたくないのである。理由は伏せるよ。だって、トラウマだもの。

そう、だから……世話役のお姉さん。

なんでよりにもよって、ルシュカの実を、満面の笑みでわたくしに勧めるのでしょうか。

「さあさあ、子竜さま。子竜さまにそっくりの、可愛《かわい》らしいルシュカの実。どうぞ召し上がれ」

嫌味《いやみ》のない笑顔と台詞《せりふ》が、私を打ちのめす！

私にそっくりな、ルシュカの実！

だからこそ、トラウマなのですよってんだ！

「きゅ、きゅー……」

私は心底弱って、差し出されたルシュカの実と、女の子を交互に見つめる。

彼女は、心配そうに、声をかけてきた。

「子竜さま、もしや、お加減が悪いのでしょうか。ならば、薬湯《やくとう》か専属の医師を派遣して……」

『そ、それは、どっちもイヤー!!』

薬湯《やくとう》は舌が痺《しび》れるほど苦いし、お医者さんも結局苦い薬を飲ませるだけだから、無理です！

「きゅー、きゅー」

私はごまかすように、女の子の手にほっぺをすりすりする。甘えてますよ！　薬、嫌だから、幾らでも甘えますよ！

「まあ、子竜さまったら、甘えん坊さんですわね。ふふ、お加減に問題がないのでしたら、ルシュカの実を召し上がってくださいな」

「きゅー」

仕方ないのである。苦いお薬を飲むぐらいならば、ルシュカの実を選ぶ。

私は世話役の女の子からそれを受け取ると、かじりついた。

「きゅーきゅ」

むにゅむにゅとした食感とともに、甘い汁が口のなかに広がる。

甘くて美味《おい》しいルシュカの実は、味も見た目も、前世の桃にそっくりだ。色も同じ。

つまり、〝ルシュカの実そっくりな子竜さま〟である私は、その、鱗《うろこ》が……

「ふふ、子竜さまは本当に可愛《かわい》らしいです。ルシュカの実と同じ色のお体も、とても素敵ですわよ」

世話役の女の子の言う通り、私の鱗の色は……ピンクだ。桃色だ。

くうぅ、何故《なぜ》、ピンクなんだ‼　私の鱗！

いくら魔法の存在するファンタジー満載な世界とはいえ、ピンクは、ちょっとないだろ。可愛いにもほどがある。

私、青いのと同じ色が良かったなぁ。

青いのの鱗は、晴れ渡る深い空の色だ。羨《うらや》ましい。

私なんて、ちょっと丸くなってすよすよ眠ってたら、ルシュカの実みたいって言われるのだ。

子竜とはいえ、女の子である以上、ルシュカの実の丸みを帯びた姿に似ているというのは、傷つくんだよ。

まあ、美味しいけども！

周りを見ると、他の子竜たちはもう食べ終わっており、思い思いに寛《くつろ》いでいる。

ほかの女の子たちは、後片づけを始めていた。

しまった！　恒例のアレをせねば！

「きゅっきゅっ！」

急いでルシュカの実を食べ終え、私は目の前のトレイに残っているミルアを両手で掴んだ。そして、目の前に居る世話役の女の子に差し出す。

『どーぞ、食べてくーださーい』

そう鳴き声を上げる私に、毎回のことなので心得ている彼女は、優しく微笑んだ。

「まあ！　子竜さま、お優しいですわ！　私にくださるのですね？」

『そうですよー！』

「でも、とっても残念です。私、今お腹がいっぱいですの」

本当に残念そうに言う世話役の女の子に、私はそーなのー？　とばかりに、小首を傾《かし》げる。女の子も同じように、小首を傾げる。

「ええ、ですから、どうぞ子竜さまが召し上がってくださいな」

「きゅきゅー！」

なら仕方がないよね！　と、私はミルアをしゃくりとかじった。

おーいしーい！

ミルアは、私の大好物である。

目をキラキラと輝かせる私に、世話役の女の子は少し高い声で言う。

「本当に、子竜さまったら、可愛《かわい》いのですから！」

「きゅふー」

てへーと、私は返す。

今までのやり取りは、毎度のことなのだ。

私なりの、女の子たちとの交流方法というか、甘えているというか。

毎回、世話役の誰かを捕まえて、そのときのご飯をどうぞどうぞと持っていくのだ。

でも、それは本当に食べてもらうわけではなく、私に意識を向けてもらう作戦のようなもので。

もちろん、女の子たちが子竜の食べ物を実際に食べることはないとわかっているからやっているのだ。

食べ物を持って行った相手は、必然的に私に構うことになる。そうすると、私は相手を独占して甘えたい放題なのである。

私の考えは彼女たちもわかっているので、目一杯甘やかしてくれるのだ。幸せー！

「きゅきゅきゅー！」

抱き上げてもらった私は、女の子の胸で、ミルアを堪能したのである。

◆　◆　◆

眩《まぶ》しさで眩《くら》む視界のなか、誰かが私を見つめている。人間だというのは、逆光でできたシルエットでわかった。

その誰かは、優しく笑いかけてくれる。

しばらくすると、もうひとり現れた。

その人も、私を見て笑ったようだった。

幸せな、光景だと思った。

とても幸せで――そして儚《はかな》い、と思った。


鋭い衝撃を顔面に受け、私は夢から覚める。

ズキズキして、頭とかほっぺとか、痛い。

何だ、何が起きたのだ!?

「ぎゅにゅっうぅ……っ」

あまりの痛みに、目からはぼろぼろと涙が零《こぼ》れ、寝床代わりのシーツに染みを作っていく。

思わずうずくまりそうになったとき、不穏な気配を感じて咄嗟《とっさ》に守護壁を展開する。

瞬間、バチィィィ！　という鋭い音を立てて、守護壁が何かを弾き返した。

「きゅっ！」

弾き返したものを見て、私はギョッとなる。

赤いのだ。不穏な気配の正体は、寝ぼけた赤いのが振り下ろした足だったのだ。

赤いのは弾き返された勢いのまま転がっているが、恐ろしいことに、未だに眠ったままだった。何という寝相の悪さ。

そして、ハッとなる。

もしや、先ほどの顔面に受けた衝撃は、赤いのの蹴《け》りだったのではなかろうか。ならば、この痛みも納得だ。

今も転がり続ける赤いのの脅威に、私はぶるりと体を震わす。

「きゅっ!?」

私が怯《おび》えているうちに、赤いのは再び皆が眠る寝床に戻ってきた。まずい、皆が危険だ！

とか慌ててる間に、青いのに蹴りが入ってしまった！

あ、ああ、青いの！　大丈夫か！

「きゅにゅっ、ぎゃにゅううぅぅん!!」

青いのの泣き声で、他の皆も起き出した。

白いのが、青いのの状態を確かめに走り寄る。

赤いのは依然として、転がり続けたままだ。どうしたんだ、赤いの。今まで、そんなに寝相悪くなかっただろ。

黄色と黄緑が、連携を取り赤いのを止めに入る。よし、あの二匹のコンビネーションは凄《すご》い。力では赤いのには劣るけど、二対一なら、充分に勝てる！　頑張れ！

そして私だが……只今、黒いのの胸で泣いている。青いのの泣き声に触発されたのか、顔面の痛みが甦《よみがえ》ってきたのだ。

『うわあぁぁん！　痛いよー！』

しばらくして、私たちの泣き声を聞きつけた人たちが来るまで、私と青いのは泣き続けた。

直前まで見ていた夢の内容が痛みで儚《はかな》く散ってしまったことに、私は気づくことさえなかった。

朝からのとんでもない騒ぎの後、世話役の長《おさ》が飼育部屋にやって来た。

世話役の長は、灰色の裾《すそ》の長いワンピースを着た、老齢の女性だ。

彼女は、ゆったりとした動作で頭を下げてからゆっくりと話し出した。

「子竜さまがたに、お知らせがございます」

「きゅう？」

お知らせとな。何だろうか。

まさか、赤いのにお仕置きをするとかじゃないよね？

いや、赤いのならば、白いのを始め皆から叱られてしょんぼりしてるから、もう許してやってください。

これ以上の罰は与えないであげてください！

そんな気持ちを皆と共有しつつ、私たちは世話役の長の言葉を待った。

ごくり。

しかし、お知らせの内容は予想外のものだった。

「皆さまには、この大部屋から個室に移って頂きます」

うん？

大部屋……ああ！　この飼育部屋のことか！　一瞬何のことかわからなかったよ。

そうか、世話役の人たちは大部屋って呼んでるんだ。一つ勉強になったぞ。

いや、そうじゃない。

問題は、そこじゃないのだ。

『どういうこと？』

と、青いのが少し泣きそうになりながら聞いた。

「つまり、これから皆さまは、一緒の部屋ではなく、それぞれの部屋にてお過ごしくださるよう、お知らせに参りました」

「きゅーー!?」

えっ、ということは、もう皆とは一緒に居られないってこと？

え、やだ！　絶対、やだ！

「きゅうっきゅうきゅっ？」

赤いのが、自分が寝ぼけて暴れたせいなのかと、必死に尋ねる。いつもは元気いっぱいのあの赤いのが、青いのみたいに目に涙を浮かべている。

「違いますよ、赤き子竜さま。時期がきたのです。皆さまが、騎竜《きりゅう》としての自覚を持たれるべき、時期が」

世話役の長《おさ》は、赤いのを安心させるように、緩く首を振って言った。

――騎竜。

ああ、そうか。私たちは、ただの赤ちゃん竜ではなかったんだっけ。

いつかパートナーとなる騎士――竜騎士――を見つけ、その人と一緒に生きる。野生の竜とは違い、知性ある竜の子どもである私たちは、竜騎士とともに国の為に尽くすのだ。自身が選んだ騎士とともに戦い、ともに果てる。それが騎士をともなう騎竜としての誇りであり、使命だった。

その名誉ある騎竜の候補が、私たちなのだ。

「これまで一緒にお育ちになられたのです。おつらいでしょうが、他の成竜《せいりゅう》さま方も乗り越えてこられました。堪《こら》えてくださいませ」

ううう、皆と離れるのは、つらい。

だけど、世話役の長に頭を下げられてしまえば、これ以上不満を言うことはできなかった。

「きゅっ、きゅふっ」

青いのの泣き声を聞きながら、私は肩を落とした。

世話役の女の子たちに抱えられて、私たちは半年以上をともに過ごした部屋を出た。

意外なことに、最初泣いていた青いのは、それ以上騒がなかった。ただ静かに、俯《うつむ》いている。

一番抵抗したのは、黄色と黄緑だった。二匹揃って小さな手足を必死に動かして、彼らは暴れまわる。

嫌だ、離れたくないと、涙を流して、嗚咽《おえつ》まじりで必死に訴えて——そして、やはり最後は世話役の長《おさ》の説得により、諦めた。

私も、皆と離れるのは嫌だったけど、そんな二匹の様子を目にしていたから、わき出る感情をぐっと堪《こら》える。私まで騒いだら、世話役にもっと迷惑がかかってしまう。だから不覚にも号泣しそうだったけど、私頑張ったよ。

新しい部屋に向かう間、私は抱えてくれている世話役のお姉さんの胸に顔を埋めて、しんみりとしていた。

——新しい部屋に、着くまでは。

「きゅにょ!?」

「きゅっきゅ！」

「きゅきゃっ」

私を含めた七匹の子竜の驚きの声が、重なる。

何てことだ。

私たちの個室、皆おとなり、横並びだよ！

近い！　皆の部屋、近い！

何だよ！　それならそうと、言ってくださいよ！　何か、永遠の別れっぽい雰囲気だったじゃないか。私たちの涙返せ！

「ほほほ、これならば皆さま寂しくはありませんわね」

世話役の長が、しれっと言う。

あ！　さてはこれ、洗礼的な何かだな！　一度、私たちの心を突き落とし、精神的に強くするとか、そんな感じの。

くう、まんまと引っかかって悔しい！

そんな気持ちで、世話役の長を見る。

世話役の長は笑いを引っ込めると、一転、真剣な表情を浮かべる。

「……確かに、皆さまの部屋は近いです。しかし、それは警備の為でもあります。これから皆さまの身に、いかなる危険が起きるかわかりません。ですから、むやみやたらと部屋からお出にならないよう、お願い申し上げます」

つまり、ここの警備は頑丈にしてあるけど、部屋の外をうろちょろしてると凄《すご》く危険だよっていうことだよね。

竜である私たちは、貴重な存在だ。そして、いかに強い竜族といえども、子竜時代は隙が多いのだ。そんな子竜を狙う悪いやつが、やっぱりいるのだという。

ひとりは寂しいけど、あんまりうろうろするのはやめておこう。安全第一だ。

「では、皆さま。どうぞ、おくつろぎくださいませ」

そう言うと、世話役の長は私たちの前から去っていった。

私たちも、それぞれの部屋へ入ることにする。

『じゃーね、みんなー』


ドアを開けて、新しいお部屋のなかを見る。

うん、前の部屋と同じぐらいの広さがあるね。

石畳の床と壁も、同じ。天井は、今までより高いかな。

寝床には、ふっかふっかの毛布が敷《し》かれている。

本棚も、玩具《おもちゃ》もある。実は私たち、文字が読めるのだよ！

習ったりはしてないけど、読めるし、人間の言葉も理解できる。

私たち竜は、親竜から子竜へある程度の知識が受け継《つ》がれるのだ。それは、生まれた瞬間から認識できて、様々なことが赤ちゃん竜であっても理解できる。

だけど何故《なぜ》だか、私はこの世界の知識が、ほかの子竜たちに比べるとちょっと曖昧《あいまい》な気がする。日本のことはしっかり覚えているというのに。

私のお父さん、お母さん、どうした!? それでも、文字は読めるし、人間の言葉もわかるから、まあいいか。

閑話休題《かんわきゅうだい》！

いや、まあ、生活環境が充実してるのは、良いのだけど、ね？

「きゅ、きゅー……」

「どうかなさいましたか、子竜さま」

いや、世話役のお姉さん。どうしたじゃないよ。どうしたもこうしたも、大変だよ！

こ、この部屋、鉄格子があるのですが！

なんで部屋に、鉄格子？

ドアを開けたら、鉄格子。私の寝床や玩具は、その鉄格子の向こうにあるのですが。

戸惑う私に、世話役のお姉さんはにっこり微笑んだ。

「鉄格子が気になるのですね」

『とっても、気になります！』

世話役のお姉さんは、私をそっと下ろすと、自身も膝をつき、私と目線を合わせた。

「これは、子竜さまご自身と、子竜さまのお心をお守りする為のものなのです」

「きゅう？」

困惑する私に、世話役のお姉さんは続けた。

曰《いわ》く、今朝の赤いのが起こした騒ぎは、他の子竜たちにも起こり得ることだったらしい。

あれはただの赤ちゃんから、竜としての本能が目覚める兆《きざ》しだったというのだ。

赤ちゃん竜はあまりにも弱い存在だから、群れて過ごす習性がある。そのときは、他の子竜と過ごしても何の問題もない。

だけど、赤ちゃんを脱するころになると、竜本来の特性が強くなってくるのだ。

竜って、実はかなり警戒心の強い生き物で、攻撃的なんだって。あ、でも、騎士と契約した竜は違うよ。騎士と契約すると、本能より理性が勝るようになるのだ。でないと、他の竜と生活できないもんね！

だから今朝の赤いのは、警戒心と攻撃性が増して周りに居る子竜の気配を敵と認識してしまい、無意識のうちに暴れてしまったそうだ。

つまり、赤いのは成竜《せいりゅう》へ一歩踏み出した状態ということ。それは他の子竜も同じらしい。

だから、部屋をわけたのだ。お互いに、傷つけ合わないように。

そしてこの……鉄格子。

一番不安定な子竜から成竜への成長期——私たちが本能に負けて、世話役の女の子たちを襲わないようにする為の対策だそうだ。

「子竜さまが意図せず私たちを傷つけて、お心を病むことを避けたいのです」

「きゅ！」

確かに、世話役の女の子たちのような、優しさ溢れる存在に怪我《けが》を負わせるなんて、絶対に嫌だ。

納得した私は、恐る恐る鉄格子のなかに入る。

「鍵をかけるのは夜の間だけですから、怖がらずとも良いのですよ」

『なーんだ』

新しいお部屋は鉄格子つきですが、なかなかに居心地が良かったです。

◆　◆　◆

「ぎゅにゅりにゅりぃ……っ」

朝から私は、呻《うめ》いております。

夢見が悪かったのです、とっても！

個室での初夢は、もう、本当に最悪だった！　思い出すだけで、ムカムカが止まらない。悲しい思いもしたし！

石畳の床をころころと転がり、それでも腹立ちが収まらないので、今度は寝床用の毛布を噛み噛みする。

かれこれ、一時間は同じことを繰り返しているのである。

ムキャー。

ようやくスッキリしたのは、世話役のお姉さんが朝食を持ってきてくれたからだった。

お姉さんがトレイを置いた瞬間を狙い、腕のなかに飛び込んだのだ。

それから、すりすりと甘え、ようやく私の苛々《いらいら》は消えた。

この世話役のお姉さん、私の専属になったんだよ。名前も教えてもらったよ。ファナさんって、いうんだって。くるくるとした栗色のくせ毛を肩まで伸ばしてて、目元の泣きボクロが大人っぽい十八歳。

「子竜さま、くすぐったいですわ」

「きゅうぅ」

ああ、ファナさんの抱っこ気持ちいいなぁ。癒《い》やされる。

「さあさあ、子竜さま。朝食にいたしましょう」

「きゅ！」

私は元気良く返事をしたけれど、結局、ファナさんに抱っこしてもらったまま、朝食を食べました。

いや、なんか、ひとりってやっぱり寂しくて。人肌が、いつも以上に温かく感じるのだよ。

こういうのも、赤ちゃん返りっていうのかなぁ。

お腹いっぱいになり、私はようやくファナさんの腕から降りる。

今までなら、ご飯の後は皆と玩具《おもちゃ》で遊んだり、本棚にある絵本を読んだりしていたのだけど、今日から私だけだ。

何をしよう。ひとりしりとり？　それとも、あや取り？　ああ、でも子竜の手じゃできないし。人間のころが懐かしい！

意味もなく羽をパタさせたりして、暇を潰してみる。

そういえば、私たち竜の羽って、背中に生《は》えているんだよね。

成長すると男女で羽の形状が変わるというのは、親竜からの知識にある。

今は、小さいことに加えて、羽が柔らか過ぎて飛べないけれど、成竜《せいりゅう》になれば大空を悠々と飛べるようになるのだ。

「きゅーきゅー」

パタパタとやり続けていたけど、何やら虚《むな》しくなってきた。

青いの、どうしてるかな。泣いてないかな。

他の皆も、寂しがってないかな。

部屋に慣れる為とかで、しばらくは外に出ちゃいけないと言われている。寂しいなぁ。

しょぼしょぼと、再び毛布を噛んでいたら、トレイを片づけに行っていたファナさんが戻ってきた。そして、何やら嬉しそうだ。

「子竜さま！　お喜びくださいませ！　兄君さまがいらっしゃいますよ！」

『兄ちゃんが！』

——子竜には、親竜が存在する。

そして、竜は一生の間に何回か卵を生む。

というわけで、私には、兄ちゃんがいるのだ。

銀色の鱗《うろこ》を持つ凛々《りり》しい成竜《せいりゅう》で、身内の欲目を抜いても、かなりの美形である。

他の六匹の子竜たちにうらやましがられる、私の自慢の兄ちゃんだ。

「……元気そうで、何よりだ」

「相変わらず、ちびっこいなぁ」

前半の台詞《せりふ》が、我が麗《うるわ》しの兄ちゃんで、後半が、えっと……思い出した！　竜騎士のザックさんだ！　兄ちゃんのパートナーであるアーサーさんの、友達。

あれ？　なんでアーサーさんじゃなくて、ザックさんが一緒なんだろ。

いや、今はそれよりも、だ！

きゃー、兄ちゃん、人型になってるー！

竜姿も格好いいけど、人間バージョンも、ちょーステキー！

鱗の色と同じ、銀の髪はサラサラのストレート。それを腰まで流してて、まさにキラキラ！

すっと通った鼻筋に、切れ長の青い瞳に痺《しび》れそう！

今日は、黒を基調とした竜騎士の団服をお召しですね。ロングコートがとっても、似合ってます！

あ、私たち知性ある竜は、人間の姿になれるんだよ。成竜になると、だけど。これは野生の竜には真似《まね》できない技だ。

『兄ちゃん、格好いいー！』

テンションが上がった私は、兄ちゃんに飛びつくように走り寄る。

すると、兄ちゃんの右足がゆっくりと上がって、私の体をちょいっと引っかけ――

「きゅーーーー」

ぽーんと、綺麗な放物線を描き、高い天井に届きそうなところまで飛んでいく私。

兄ちゃんが私を蹴《け》り上げたのだ。

「な、何をなさいます!!」

「まあまあ、ファナ。大丈夫だから」

ツンツンとはねた茶髪と、いたずらっ子のように輝く焦げ茶色の目でザックさんが言う。

あれ、ザックさんとファナさんって、お知り合いですか？

と考えたあたりで、私は床に落下した。

ぽーんぽんと、二、三回軽く跳ねて止まる。

「こ、子竜さま……？」

うつ伏せになった私に向けられた、ファナさんの不安そうな声。

そして、むくりと起き上がる私。

うむ、まったく痛くない。子竜とはいえ、竜という生き物は頑丈なのだ。

「こ、子竜さま？」

「きゅっ！」

再び私を呼ぶファナさんに、私は右前足をびっと伸ばし、大丈夫と伝える。

気分は、至って爽快だ。

『兄ちゃーん、もういっかーい！』

と、私はまた兄ちゃんに向かって走り出す。

そして、ぽーん再びである。さすが、兄ちゃん。迷いがない蹴り上げである。

「きゅっきゅっ！」

ぽんぽん床に転がりながら喜ぶ私を、ファナさんは呆然と眺めている。

「……あ、あの、ザックさま。いったい、何が」

「あー、と。あれは、あいつらなりの愛情表現なんだ」

「あっ、愛情表現!?」

ファナさん、びっくり！

いえ、普通は、驚きますよね。

でも、本当のことなのです。

この、ぽーんが、私と兄ちゃんの愛情表現なのである。

あれは、そう。私と兄ちゃんが初めて会ったときのこと。

当時の私、生後二ヶ月。今よりも、もっとちっちゃくて、もっとキラキラとした赤ちゃんだった。

好奇心も旺盛《おうせい》で、初対面だというのに、兄ちゃんの足元――このときの兄ちゃんは、竜の姿だった――を、ちょろちょろと動き回って、はしゃいでいたんだよね。

兄ちゃんは兄ちゃんで、今まで年下の子竜に会う機会がなかったらしく、相当緊張していたようだ。

予想以上に小さい私にびっくりして、思わず後ろ足を上げたら、見事に私の体にクリーンヒット！　でもって私、ぽーん！

慌てる兄ちゃんをよそに、当時の私は、ぽーんを気に入り、何度も兄ちゃんにせがんだ覚えがある。

だって、人間だったら大怪我《けが》しちゃうけど、頑丈な竜の体なら傷一つつかないんだもん。新鮮だったんだよ。それに自力では飛べない赤ちゃん竜にとって、空高く舞い上がるのは快感で。

そしてそれは、今も続くわけだ。

ザックさんから聞いたファナさんが、驚いたように口元に手をやっている。

「まあ、そんなことが……」

「ああ、だから心配しなくても、ほら。飽きたら止めるしな」

ザックさんの言うとおり、私と兄ちゃんはもうぽーんを止めて、普通にじゃれていた。

『兄ちゃーん、抱っこー』

「ああ、だいぶ重くなったな。成長の証《あかし》だ。嬉しく思う」

兄ちゃんに誉められ、私はほっこりした。兄ちゃんは騎竜《きりゅう》として忙しくしているから、なかなか会えない。

貴重な今を逃して、いつ甘えるというのだ！

全力で甘えてやるのである！

「……なあ」

「きゅう？」

兄ちゃんが話しかけてきたので、私は答える。なにー？

「お前は、何か夢を見ることはないか？」

「きゅー」

突然の質問だったけれど、兄ちゃんの為だ。私は真剣に考える。

そして、あることに思い当たった。

「きゅ！」

「……あるのか？」

兄ちゃんは、真剣に問い返してきた。

うむ、あるよ！　今朝、見たばっかり！

私は、兄ちゃんの腕のなかで必死で話した。

今朝の、腹立たしい夢を。

まず、赤いのが、ひとり立ちをするのだ。熱い海が自分を呼んでるぜと言い出して。止める私を振り切り、大海原《おおうなばら》へと漕ぎ出す赤いの。一度も振り返らなかった！　ムッカー！

そうしたら今度は白いのが、世界に自分の救いを待つ者が居るとか言い出して、こちらも旅立って。

黒いのは何も言わず姿を消し、黄色と黄緑は、お互い以外はいらないとか言って居なくなってしまった。最後に残されたのは、私と青いのだ。

私と青いのは、泣いた。悲しくて、泣きに泣いた！　涙の海ができ上がるほどに泣いた！

「ぎゅうっふ、ぎゅきゅにゅ……っ」

夢の内容を思い出したら、また泣けてきた。怒りもある。

私は兄ちゃんの胸で、泣きながら熱く語った。

兄ちゃんは、拍子抜けしたように「そうか……」と呟くと、私の背を撫でてくれる。

兄ちゃん、やっさしー！

「……子竜さま、お労《いたわ》しや」

ファナさんは共感してくれたのか、目元をそっと拭《ぬぐ》っている。

ザックさんひとりが、途方に暮れているようだ。

「いやぁ、子竜の言葉がわからんおじさんには、なんだか居づらい空気だなー」

「ザックさまは、わからないのですか？」

ファナさんの問いかけに、ザックさんが苦笑を浮かべる。

「子竜の言葉がわかるのは、同じ竜か、ファナのような白き乙女だけだな」

「まあ。存じ上げず、申し訳ありません」

「いや、気にしなくていい」

因《ちな》みに、白き乙女とは、世話役の女の子たちのことだよ。他に黒き乙女と呼ばれる人たちも居るみたいだけど、会ったことがないから詳しいことはわからない。

「まあ、ちびっ子。ミルアやるから、泣き止め。好物なんだろ？」

ミルア！　わーい、ミルアだー！

「きゅっ！」

近寄って来たザックさんからミルアを受け取った私は、兄ちゃんの腕のなかから、ファナさんの方へジャンプする。

「あらあら、子竜さまったら」

ご飯なら、ファナさんの腕のなかが一番なのである。

ファナさんにミルアを食べさせてもらうころには、私の涙は引っ込んでいた。

「……ちびっ子、うらやましいやつ」

と、ザックさんが呟いていたが、食欲の前では聞き流すのである。

「きゅっきゅー！」

「ザックさま。子竜さまが、ありがとうございます、と」

ファナさんの通訳に、ザックさんは、そりゃどうもと返す。

そして、私の頭を撫でる。

「きゅー……」

うっとりと目を細める私に、ザックさんは苦笑を漏らした。

「こんなになつっこくて大丈夫なのか？」

それは、兄ちゃんに向けての問いかけだった。

「何がだ？」

壁に背を預け、腕を組んだ兄ちゃんは聞き返す。

「いや、こんなんで、ハズレを引いたりしないかと」

「大丈夫だ」

ザックさんの言葉に、兄ちゃんは即答した。

ハズレとか、よくわからない単語が出たけど、兄ちゃんが私を信用してくれてるのはわかったので、私は満足だ。

兄ちゃんとザックさんは、しばらくして私の部屋を後にした。

今日は凄《すご》く楽しかった！

後で思ったんだけど、ザックさんは多分、私じゃなく、ファナさんに会いに来たんだろうな。

青春！

あと、ザックさん、全然おじさんじゃないのに、なんで自分のことをおじさんって言ってたのだろう。

不思議！

第二章　理想のパートナー

お勉強、お勉強。

個室に移って、一ヶ月。子竜の成長は早いのだ。

そろそろ私も、騎竜《きりゅう》候補としての自覚を持たねば。

そう、今さらだけど、私は我が国、カサトア王国が誇る竜騎士団に所属する騎竜の、候補なのだ。

カサトア王国以外に、竜騎士団を所有する国はないという。

あっても精々《せいぜい》、野生の竜を飼い慣らし戦いに投入するぐらいで、我が国のように人間との絆《きずな》を育《はぐく》んだりはしない。うちの国、凄《すご》い！

なんて誉めてはみたものの、私は、我が国――竜を有する、翼と盾《たて》の国、カサトア王国の知識なんて、実のところスッカラカンだ。

前にも言ったように私の親御さまは、どうやら歴史とか、我が国のこととかに興味がなかったらしく、親竜から受け継《つ》いだ知識のなかに、国についてのものはほとんどない。

竜騎士団以外の騎士団があることすら、知らなかった。国の治安維持を主目的とする『王の盾騎士団』は、国内での人気もかなりのものだというのに。これは、ちょっとどころか、相当無知の部類に入るのではなかろうか。

これはまずいと、知識習得に目覚めた私は、ここ最近、朝から本にかかりきりとなっている。

絵本から、我が国の歴史書まで。様々なジャンルを、ふんふん頷きながら読みふける。

――カサトア王国は、良い治世の続く、実り豊かな国だという。

隣国に、魔法大国であるザッカス帝国があるけど、ここ数百年、大きな戦いはないらしい。でも、小競り合い程度の争いは続いている。それはちょっと怖い。

だからこそ、我が国において竜騎士の存在は大きいわけである。

そうそう。竜騎士はもともとは普通の人間だけど、竜騎士になった瞬間から身体能力が強化されるんだよ。竜に選ばれた特典みたいなものかな。

あ、あと。これは私の知識にもあったんだけど、この世界には大昔に魔物が居たんだ。その魔物を倒すのは、竜と竜騎士の仕事だったんだ。凄いよね。

私はそんなすごい竜騎士団の一員となる騎竜の候補なのだから、気を引き締めねば！

パートナー探しとか……

はっ、そうだよ、パートナーだよ！　騎竜《きりゅう》のパートナー、すなわち竜騎士！

騎竜候補は、唯一の存在となる相手を自ら選ぶ。その相手——パートナーの決め方は、まあ何となくわかる。必要な手順と文句も。

だけどどんなパートナーが良いのかといった具体的なことを、私は全然考えていなかった。

これは、いかん。

私は、読んでいた本を本棚に戻すと、キリッと表情を引き締める。

『ファナさーん！』

ファナさんは、私が本を読んでいる間、鉄格子の外で編み物をしていた。

しかし、返事がない。

ファナさんは椅子に座り、編み道具を持って、そして、ぼうっと空《くう》を見つめていた。

その姿は、私が本を読み始める前と同じ状態だ。

様子がおかしい。

「きゅっきゅーー！」

とりあえず、大きな鳴き声を出して、注意を引いてみる。

「あ……っ、はい！」

上手くいったようで、ファナさんは私に視線を向ける。

「ど、どうか、しましたか。子竜さま」

『なんか、悩み事でもあるの？』

「い、いいえ！　何にも、ありませんわ」

そう言う割には、ファナさんの顔色は冴《さ》えない。

本当に大丈夫なのだろうか。

「きゅー……」

不安になり、ファナさんのそばまで行くと、彼女はすぐさま鉄格子を開けて抱き上げてくれる。

そして、珍しいことに、彼女の方から頬ずりをしてくれた。

「お優しくて、可愛《かわい》い子竜さま。私は、大丈夫。大丈夫、ですわ」

そう言うファナさんの声は震えていて、とても心細そうな様子だ。

だけど、私にはいつも通りに接しようとしていて、そこにきっと何か隠しておきたいつらいことがあるのだろうと思えてしまったから——私は、追及するのを止めてしまった。

ファナさんの様子は気になるものの、気持ちを切りかえて、私は隣室を訪ねることにした。個室に移って一ヶ月。ようやく外出の許可が出たのだ。外出の旨はファナさんを通して、世話役の長《おさ》へと伝わっている。

私の部屋は、右から三番目なので、まずは右の二部屋から行こうと思う。

私は意気揚々《いきようよう》と、右隣の部屋——赤いのの部屋へ向かう。

『久しぶりー！』

赤いのの世話役の女の子に扉を開けてもらい、私は堂々と入室した。

赤いのは、守護壁を展開してハッスル中だった。相変わらずの元気溌剌《はつらつ》振りである。

『久しぶり！　元気だった！』

赤いのは、元気だった？　と私に尋ねているのではない。自分の体力と気力がともに充実しているのを、元気だったと断言してアピールしているのだ。一ヶ月振りの再会なのに、本当に変わらないな！

「きゅうっ！」

私は、まあ落ち着きなさいよと、赤いのに話を聞くように促《うなが》す。

私が訪ねたのは、聞きたいことがあったからなのだ。

「きゅうきゅー？」

首を傾《かし》げた赤いのが、なぁにと聞き返す。

赤いのは、どんなパートナーが良いのか、もう決まっているのかと、私は尋ねた。

答えは、簡潔だった。

『強いやつ！』

赤いのは、まあ、あれだ。

私の理想とするところとは、違うところを目指してるのだ。

部屋を後にした私は、そっとため息をつき、次へ向かうことにする。

赤いのの右隣は、白いのだ。

白いのならば、有意義な話を聞けることだろう。

「きゅうっ！」

白いのの歓迎振りは、凄《すご》かった。

まず、ふかふかのクッションを用意し、私を座らせる。そして、いそいそと玩具《おもちゃ》を出してきた。

どれで遊ぶ？　それとも、疲れてるかな。あ！　なら、一緒にお昼寝する？

といった具合の甲斐甲斐しさである。

白いの。
一ヶ月間、誰の世話もできなくてつらかったんだね。
私は、遠慮なく甘えることにする。
「きゅーきゅー」
白いのと積み木で遊びながら、赤いのにしたのと同じ質問をした。
「きゅにゅう」
白いのは、少し考えてから答える。
『完璧じゃなくても良いから、心根が真《ま》っ直《す》ぐな人がいい』
それは、実に白いのらしい答えだったので、私は納得した。
白いのに名残惜しそうに見送られつつ、私はその部屋を後にした。
白いの、相変わらず優しかったなぁ。
今度この部屋に来るときは、他の子竜も誘おう。
さて、次は左側の部屋だ。
私の左隣は、黄色の部屋である。
あ！　衛兵のお兄さん、ご苦労様です！

『ようこそー！』

と言ったのは、黄色。

『いらっしゃいませー！』

と言ったのは、黄緑だ。

まあ、わかってた。

外出許可が出た昨日の時点で、わかってた。

多分、どちらかが、速攻で入り浸《びた》りに来てるだろうな、って。

だから、私は特に突っ込むことなく、久しぶりーと返した。

「きゅいきゅ」

黄色が、座るように勧めると、黄緑が玩具《おもちゃ》を出してくる。

私たち子竜はよく遊ぶ赤ちゃんだったので、玩具は必須なのだ。

皆でパズルを解きながら、私は恒例の質問をしてみる。

二匹の答えは、意外なことにわかれた。黄色と黄緑ならば同じことを言うと思っていたから、なおさら驚いてしまう。

『そのときの気分！』

と言う黄色に対し、

『お互いに選ぶ騎士は、相手が選んだ騎士と正反対な人間がいいな』
と、黄緑が返す。
答えは違っていたけれど、どちらも、二匹らしい答えだと思えた。

よし！　次は、黒いのだ！
黒いのは、底知れない何かがある。私も良い刺激を得られるだろう！
意気揚々《いきようよう》と黒いのの部屋へと向かった私だったが。
『……そんなの、愚問だ』
と、たったそれだけで追い返されてしまった。
え、あれ。黒いの？
私たち、一緒に育った仲だよね？　なんか、冷たいよ。
と、思ったら。この時間は、黒いのにとって神聖なるお昼寝の時間だった。
間が悪かったのか……
私はしょぼしょぼと、黒いのの部屋を後にした。
最後は青いのの部屋だ。

この一ヶ月間、青いのは大丈夫だっただろうか。

夜はちゃんと眠れているだろうか。

青いのに関しては、心配が尽きない。


途中で会った衛兵さんに扉を開けてもらい部屋に入ると、何だかしょんぼりとしている青いのが居た。

青いのの世話役の女の子が、よしよしとあやすように抱っこしている。

そうか、青いのも赤ちゃん返りしちゃってるのか。

『青いのー！　私だよー！』

「ほら、子竜さま。お客さまですよ」

世話役の女の子の言葉に、青いのは私の方に視線を向ける。途端に、じたばたする青いの。

『寂しかったよー……っ』

と青いのは泣きそうになりながら言う。

私も、皆と離れ離れにされて、寂しかった！

世話役の女の子の腕から降りた青いのと私は、力強く握手する。私たちの思いは、一緒だ。

『青いの、私が絵本読んであげるよ！』

『わーい！』

体いっぱいで喜んでくれる青いの。しばらく見ない間に、素直さに磨きがかかっている。黒いのとの交流に失敗した私の心の傷が、みるみるうちに癒《い》えていくのを感じる。青いの、よしよし。

私は、青いのが好きだと言っていた、青空を冒険する男の子の物語を読んであげた。

そして、恒例の質問タイムである。

『えっとね、えっとね！』

青いのは、一生懸命答えてくれた。

青いのの、すべてとなってくれる人が良い、って！

……あれ、なんか、凄《すご》く奥が深い発言だな。

私は、ちゃんと考えている青いのに尊敬の念を抱き、また遊びに来ると約束をしてから、部屋を後にした。

衛兵さんの見守るなか、私はひとりぽてぽてと竜舎を歩く。

この竜舎はそれなりに広いとは思うけど、これでも規模は小さい方なんだって。成《せい》竜《りゅう》になったら、今の何倍以上も大きい竜舎に移るって聞いている。

こぢんまりとした住宅が基本の日本人の感性では、恐ろしく感じる規模だ。

そんなことを考えているうちに、竜舎の中庭っぽいところに出た。確か、ここまでが外出範囲の限界のはずだ。

私はぺたりと地面に座り込み、空を見上げる。

うん、快晴だ。青いのの色だ。これぞ日本晴れ。

「きゅー……」

パートナー、かぁ。

皆、けっこう考えてた。

私は、どうだろ。どんな、パートナーが良いのだろう。

――まだよく、わからないや。

ふう、とため息をつくと、私の上に影が差す。

おや、と思い顔を上げたら、いつの間にか隣に人が立っていた。黒い団服――竜騎士だ。

「こんなところで、どうかしたのかな」

優しげな声に話しかけられ、私の記憶が刺激される。

あ！　アーサーさんだ！　兄ちゃんの竜騎士さんだ！

柔らかそうな金髪に、青い瞳の、正に王子様って感じの人。アーサーさんは、しゃがみ込むと、私の顔を覗き込んだ。

「元気がないようだけど、迷子になったのかな」

「きゅーう」

違うよと、私は首を横に振る。パートナーという、人生の岐路に迷ったんだよ。

「そう、違うの。子竜が外に居るのは危険が多い。戻りなさい」

アーサーさんは、ふわりと笑って、私の頭を撫でる。

おお、なんか、緊張してきた！

アーサーさんの纏《まと》う空気って、見た目以上に気品がある。感覚は日本人的庶民の私は、気圧《けお》されてしまったようだ。身動きしない私を、アーサーさんは不思議そうに見つめる。

「どうしたの？」

「きゅー？」

あなたの王子様オーラにやられたのですとは言えず、言葉が通じないのをいいことに、私は首を傾《かし》げてごまかす。

アーサーさんは、困ったように笑った。

「うん、ごめん。私にはわからない」

ですよね！

「でも、ここで会ったのも何かの縁だろう。部屋まで送るよ」

そう言うと、アーサーさんは私を抱き上げた。

至近距離にアーサーさんの顔。

はっきり言おう。思いっきり見とれてしまった。

そして、このとき。私のなかで天啓のように、閃《ひらめ》きがあった。

私のパートナーは、アーサーさんのような騎士がいい、と。まるで西洋のおとぎ話から出てきたみたいな、輝くような騎士が良いと。

今日の外出、収穫は充分にあった！

アーサーさんに送ってもらった私は大満足である。

◆◆◆

「選定の儀が、十日後に決定いたしました」

そう重々しく世話役の長《おさ》が言いに来たのは、私がファナさんの膝でごろごろしているときだった。

選定の儀とは、何ぞや――

なんて、もちろん口にしない。

それは、竜騎士候補のなかから、子竜たちが自らのパートナーを選ぶ儀式だ。私に受け継《つ》がれている親竜からの知識が、そう告げている。

「いよいよですね、子竜さま」

「きゅっ！」

ファナさんは世話役の長《おさ》を深々としたお辞儀で見送ったあと、笑みを浮かべる。

うん、とうとうきた。きちゃった。

パートナー、いや、王子様を決めるときが！

武者震いがするのである！

来るべき瞬間を思いぷるぷる震えていると、ファナさんが私のちっちゃい右前足をそっと握った。

「きゅ？」

不思議に思い、ファナさんを見上げれば、彼女はとても悲しそうに笑っている。

「寂しく、なりますわ……」

ああ、そうか。

どういう原理なのかはわからないけど、子竜は、パートナーを決めると成竜《せいりゅう》になってしまうらしい。

〝らしい〟というのは、そのあたりの親竜の知識が曖昧《あいまい》だからだ。

私に伝わっている親竜の知識は、本当に色々とぼやけているのである。一体何故《なぜ》だろう。

カサトア王国の基本的な知識を知らなかったこと然《しか》り、私たちのお世話役である女の子たちが白き乙女と呼ばれていること然り。彼女たちがこの世界において特別な存在だというのも、最近になってようやく知ったことだ。

日本人としての知識は、日常生活レベルのこともはっきりと覚えているのに、今生きているこっちの世界のことがよくわからないなんて。上手くいかないものだ。

「子竜さま、私は……」

ファナさんの声が震える。表情も、酷《ひど》くつらそうだ。最近、ファナさんがよく見せる、苦悩に満ちた顔。

「子竜さまが、今回の選定の儀で、騎士様を得ることを――」

私の前足を握る手に、力が入る。

「心から、願ってます」

そう言って、ファナさんは涙を一粒零《こぼ》す。
「きゅ……」
ファナさんは、一体何を苦しんでいるのだろう。
何かあったのかと何度聞いても、はぐらかされてしまう。それは、私が頼りないから
なのだろうか。
ファナさんは、いつも私を大切にしてくれる。私も、ファナさんを大切に思っている。
なのに、感情はかみ合わない。
私は、すりすりと、ファナさんの手に頬を擦り寄せた。
ファナさんが苦しみから早く解放されますように、と願いながら。

◆　◆　◆

選定の儀——

それは、騎竜《きりゅう》候補と、竜騎士候補の顔合わせの場のことである。

だけどそこまで格式張ったものではないそうだ。竜舎の一室で静かに行われ、軽くすんでしまうものだという。

実際の流れを簡単に説明すると——

子竜と竜騎士候補が揃いました。

竜騎士候補のなかに、子竜、気に入った相手が居ますか～？

居たら、その人がパートナーになります。

選ばれた竜騎士候補は、今日から竜騎士だよ！

選ばれなかった竜騎士候補、残念！

以上である。

選定の儀は思っていた以上に、子竜主導であるようだ。

その主導権を握っている我ら子竜組だが、只今、選定の儀を行う部屋の隣室にて待機している。

十日は、あっという間に過ぎて、今日は選定の儀当日なのだ。

世話役の長《おさ》と数名の衛兵さんに見守られながら、きゃっきゃとじゃれ合う私たちには、緊張感の欠片《かけら》もない。

「子竜さま方、そろそろ落ち着かれなさいませ」

と、見かねた世話役の長が諫《いさ》めに入るほどだ。

だけど私たちの気分は、さしずめ楽しみで仕方がない遠足の前日のようなものだ。

だって久しぶりの七匹集合だよ。はしゃぐなというのは無理である。

しばらくすると、部屋の扉がノックされ、若い騎士さんが入ってきた。青い騎士服……王の盾《たて》騎士団の人だ。

「竜騎士候補生が到着しました」

「わかりました。お知らせ、ありがとうございます」

世話役の長《おさ》が応え、私たちに向き直る。

い、いよいよですか？　ごくり。さすがの私たちも静かになる。

世話役の長は、ゆっくりと話し出した。

「子竜さま方。本日の選定の儀、誠におめでとうございます」

これは、ご丁寧にどうもです。

「選定の儀は、子竜さま方の意思が尊重されます。彼《か》の者こそが、我が竜騎士。そう思われる方が見つかることをお祈りしています」

丁寧にお辞儀をすると、世話役の長は私たちを、竜騎士候補が居る部屋へ促《うなが》す。

私たちは、お互いに顔を見合わせると意を決して、開けられた扉をくぐった。

さあ、いよいよだ！

私のテンションは、最高に低い。もう、本当に、どうしようもないほど、打ちのめされていた。

気分は、遠足で遊園地に着いた途端雨が降りはじめたときみたい。雨で、野外のアトラクションすべて中止！　遠足のわくわく感は、綺麗に霧散！

今の私、正にそう！

選定の儀への、ドキドキわくわく感は、急降下している。

何故《なぜ》、ならば！

「きゅぐにゅううう……っ」

なんで、竜騎士候補、少年ばかりなんだ！

騎士って、アーサーさんみたいな大人な男性を想像していたのですけど！

若い！　どの角度から見ても十四、五歳ぐらいにしか見えないけど！

ひとりテンパっていたら、部屋のなかに居た竜騎士候補の五人のうち、真んなかの少年が前に進み出た。

「我ら、竜騎士養成学園から参りました。候補生五名、本日の栄《は》えある役を賜《たまわ》り、光栄であります！」

あ！　学生さんだったのか！

そういえば、皆同じ格好してる。つまりそれは、制服なのか。制服としてはえらく格好いいですね！

灰褐色《はいかっしょく》の上着は詰め襟《えり》で、白色で細かい刺繍《ししゅう》が施《ほどこ》されている。同色のズボンも然《しか》りだ。

騎士の学校か。響きは凄《すご》くいい。彼らが、私の理想よりも若くなければだが。

アーサーさんみたいな、二十代の大人の男が！　私の理想！　大人な、王子様が！

……いや、将来性を見て、選べばいいのかも。

今は、若さの眩《まぶ》しさが光る彼らではあるが、年を重ねれば、私の理想の年齢になるわけだ。

よし！　ちょっと、やる気が戻ってきた！

では、竜騎士候補の諸君！　失礼ながら、じっくりと拝見させて頂こう！

私は、ちょろりと足を踏み出し、そして、すぐに止めた。

「きゅううう……」

ああ、ダメだ。そう思って、足を戻す。

それは、きっと本能によるものだったと思う。

私は、そのまま隣に居た白いのの後ろに、身を隠すように移動する。本当なら、後ろに控えている世話役の長《おさ》のところまで行きたいくらいだ。

見られたくないと、思ったのだ。

彼らに。竜騎士の候補たちに。

私がこんな行動をした要因は、竜騎士候補たちの目にある。あ、先に言っておくけど、
白いのは、仕方ないなぁと、私の好きにさせてくれた。

「きゅにゅっ」

全員に問題があるわけじゃない。

五人のうち三人の目から、こう何というのだろうか……高みから見下ろしている、という感じがヒシヒシとする。

僕たちは、選ばれて当然！　みたいな。むしろ、選ばせてもらえることをありがたく思えよっていう、そんな意識が透けて見えるのだ。

実際、彼らは後ろで手を組んで立っているのだが、胸を反らしすぎている。偉そうな雰囲気が、態度に出過ぎだ。

例外は、一番右側に居る赤毛の男の子と、最初に挨拶《あいさつ》を口にした、五人の真んなかに立つ金髪の少年だろうか。

赤毛の子は、目を輝かせて私たちを見ている。子竜たちの動き一つ一つに笑みを浮かべている様子には、大変好感が持てる。

金髪の子は、よくわからない。口を引き結んで、何故《なぜ》か怒ったような表情で私たちを見てるけど、悪意は感じられない。見た目だけで言うならば、アーサーさん並みの、王子様系美少年だ。私の理想に一番近いけど、私はアーサーさんのようなもっと爽《さわ》やかで優しい人が良いと思ってる。

だからか、あまり魅力を感じなかった。このなかでは理想に一番近いから、すっごく残念だが！

「きゅきゅう……」

例外である二人以外の視線が嫌で、私は白いのの背から離れられずにいる。白いのも動こうとしないあたり、私と同じく不躾《ぶしつけ》な視線に嫌な思いを抱いているのかもしれない。

『ハズレ』

以前、ザックさんが言っていた言葉を思い出す。

確かに、アタリかハズレで言えば、彼らのような悪意ある人間は、ハズレなのだろう。

ふっと、赤い影が走り出した。固まっていた空気が、軽くなる。

「きゅっきゅー！」

空気を動かした赤いのは、迷わずに目的の人物——赤毛の少年へ走り寄る。

くいっくいっと、少年のズボンを掴む赤いの。少年は、初めこそ驚いていたようだけど、すぐに相好《そうごう》を崩した。そしてしゃがみこみ、赤いのと目線を合わせる。

「おーなんだ、ちび。俺を選んでくれるんだ」

「きゅー！」

そーだよー！　と、全身で訴える赤いの。

少年は赤いのの頭を撫でると、ひょいっと抱き上げた。

「そうか、俺を選んでくれるのか！　ありがとな！」

「きゅ！」

赤いのにすりすりと甘えられている少年に、世話役の長《おさ》が近づいていく。

「ナッツ・メッセンさま」

「あっ、うっす！　じゃない、はい！」

世話役の長が口にした名前に、少年が返事をする。

世話役の長は穏やかに笑うと、深々とお辞儀をする。

「赤き子竜さま、メッセンさま。おめでとうございます」

一匹の騎竜《きりゅう》と、ひとりの竜騎士が誕生した瞬間だった。

——無事、選定の儀を終えた赤いのたちは、次に控えている名づけの儀を行う為に部屋を出ることになったのだが。

「納得がいきません！」

と、憤《いきどお》りを露《あら》わにし、部屋を出ようとした赤いのと少年を引き止める存在が居た。

子竜を見下《みくだ》していた竜騎士候補の三人だ。

眦《まなじり》を吊り上げ、顔を真っ赤にして、赤いののパートナーとなった少年――ナッツくんを睨《にら》んでいる。

「お前は、平民だろう！」

指を差されながら罵倒《ばとう》されたナッツくんは鼻白んで、睨みつけてくる三人を見やった。

「平民だからって、何だってんだよ。平民は竜騎士になったらいけないなんて、そんな決まりないだろ。学校だって、身分問わずに、門戸を開いてるし」

「貴様！　我ら、高貴な者と薄汚い平民を一緒にするとは！」

ナッツくんの冷静な突っ込みに、三人の方は見当違いなことで激高する。

話、噛み合ってない。主に三人の方が。

しかも、今度は赤いのを睨みつけてるし。

「はっ！　我らに使役される分際で、平民を選ぶとは、竜という種族の程度の低さがわかるというもの」

三人が嘲笑を浮かべて言い放った瞬間、明らかに部屋の空気が変わった。

世話役の長《おさ》だ。

普段、穏やかに細められている目はしっかりと開かれ、なのに口元は笑ったまま。

そして、叩きつけるような気迫が世話役の長から放たれる。

——あ、三人終わった。

私は、そう思った。

私だって、三人の態度と言い草に、腹を立てている。

平民の何が悪い！　日本人のほとんどは庶民だ！　悪いか！　使役とか何のこっちゃ！　そんなんだから、こっちだって選びたくないんじゃ！　お前らなんか、世話役の長にぼっこぼこにへコまされてしまえ！

パートナーのナッツくんを侮辱された赤いのも、臨戦態勢に入っている。赤いのは、落ち着け。赤いのが出てったら、大怪我《けが》じゃすまないから。

そんな不穏な空気が流れるなか、凛《りん》とした声が響いた。

「お前たち、いい加減にしろ」

ずっと黙っていた、しかめっ面が印象に残る金髪の少年だ。

今も、眉間には深い皺《しわ》が刻まれている。

「し、しかし、ジョルジュさま！」

「黙れ。これ以上恥を上塗りする気か」

金髪の少年は、三人の様子から察するにどうやら貴族で、なおかつ位が高いらしい。

少年に諫《いさ》められた三人は、顔が真っ青だ。

「分を弁《わきま》えていないのは、どちらなのか」

と、少年は呟くと、世話役の長《おさ》へ向き直り、頭を下げた。

「我が同輩が失礼を働き、誠に申し訳ありません」

「なっ、ジョルジュさまが頭を下げるなど！」

「そうです！　たかだか竜の使用人などに！」

おおう、少年がせっかく謝罪したのに、それを台なしにする三人のダメっ子。

しかも、世話役の長を使用人だとう！　私たちは仕えてもらっているんじゃない！

お世話してもらってるのだ！　そこを間違えられては、困る。これだから、近頃の若者はって……ひいっ！

「……お黙りなさい、候補生風情《ふぜい》が」

せ、世話役の長がお怒りになられた！

声が、すっごく低い。それに、視線が鋭い。こんなにも怖い世話役の長、見たことない。

「きゅ、きゅきゅう……」

赤いのを含めた私たち子竜組は、首を縮こませて体を伏せる。本能で私たちは恐怖したのだ。世話役の長の怒りに。

「なっ、だ、誰に物を言って……っ」

きっと生存本能が著《いちじる》しく低いのであろう、三人の少年たちはなおも食ってかかろうとする。

「お前たちこそ、何を勘違いしている」

という、低い世話役の長の声に圧《お》されて、黙り込んじゃったけども。

「お前たちが何をそこまで誇っているのかわかりかねるがな……よく聞け、候補生よ。竜と人との間に優劣など存せぬ。あるのは、絆《きずな》のみ」

絆。

私は、部屋の隅《すみ》に避難していた赤いのと、ナッツくんを見る。

赤いのは、ナッツくんの肩の上で縮こまりつつも、ぷらぷらと体を揺らしている。その姿は、とても自然で、柔らかい。そして、ナッツくんを見る赤いのの目には、力強い何かが宿っている。信頼というものだろうか。

出会って間もない相手に寄せるには、多大過ぎる感情だと思う。

でも、その大きな感情こそが、絆《きずな》なのかもしれない。

世話役の長《おさ》は、三人をひたりと見据える。

「何も見えておらんお前たちは、この場には相応《ふさわ》しくない。さっさと去《い》ね」

すっと、世話役の長の左手が指すのは、部屋の出入り口だ。

「な……っ」

気色ばむ三人。

そんな三人に構わず、すうっと、息を吸い込む世話役の長。あ、嫌な予感がする。

「さっさと、出て行かぬか！　このクソガキどもが‼」

大音量だ。

肌がビリビリと震えるほどの気迫に、私の尻尾がピンと立つ。

「ひ……っ」

三人は悲鳴を上げると、バタバタと慌ただしく部屋を出て行った。おーおー、もう二度と来るなよーう！

あとに残された竜騎士候補は、ナッツくんを除けば、金髪の少年のみだ。

少年は、出て行けとは言われていないが、とても居づらそうにしている。

「ジョルジュ・ネル・エマワイルさま」

「は、はい！」

世話役の長に名を呼ばれ、金髪の少年の体に緊張が走る。

さっきの剣幕を見たあとでは、そうなるのも仕方がないよね。でも、世話役の長って、普段は凄《すご》く穏やかなんだよ。

本当だよ！

「先ほど、わたくしに謝罪をしてくださり、ありがとうございました」

「い、いえ……」

「しかし、わたくしは、子竜さまより優先する存在ではございません」

その世話役の長の言葉に、金髪の少年はハッと息を呑む。

つまり世話役の長は、遠回しに、私たち子竜へ謝罪すべきであったと言っているのである。

いや、でも。金髪の少年は悪くないし。しかめっ面したぐらいじゃあ、罪にはならないはずだ。

世話役の長は、金髪の少年に何を言いたいのだろう。

「確かに、僕の考えが足りなかったと思います」

「ええ、そうですわね」

にべもない世話役の長《おさ》の返しに、金髪の少年の顔が強張《こわば》る。

何だろう。世話役の長は、どうして金髪の少年にそこまでキツく当たるのか。何か、思惑があるのだろうか。

「……エマワイルさまは、子竜さまをどう思っていらっしゃいますか？」

「……」

世話役の長の問いかけに、金髪の少年は押し黙る。

そして、しかめっ面再びである。

少年、もしかして、私たちのこと嫌いなのか？

いや、少年からはさっきの三人みたいに悪意を感じない。なら、何故《なぜ》、眉間に皺《しわ》を寄せるのだろう。

「エマワイルさま」

世話役の長は、促《うなが》すように少年の姓を口にする。

少年は、ちらっと私たちに視線を向けると、躊躇《ためら》うように口を開いた。

「……不出来な僕には、もったいない存在、です」

なんと！

あの表情は、悪感情からではなく、不安だったからか！　びっくり！

「そうですか」

世話役の長は、穏やかに微笑んだ。

いつも私たちに向けている、あの優しい眼差しだ。

「おめでとうございます、エマワイルさま」

世話役の長の言葉に、少年は目を見張る。

「それは、どういう……」

「きゅ、きゅー……」

少年の言葉に被さるようにして、遠慮がちな鳴き声がした。

この声は、青いのだ。

いつの間にか、青いのは少年の足元に居た。少年を、必死に見上げている。

そうか、青いのは、選んだのだ。

「きゅー、きゅー！」

僕、あなたがいい！

青いのは、必死に訴えている。言葉はわからずとも、感じるものがあったのだろう。ジョルジュくんは震える手を伸ばし、青いのを抱き上げた。

「……君は、僕を選んでくれるのか？」

青いのの返事に、ジョルジュくんの強張《こわば》った顔がみるみるうちに溶けていく。

そして、満面の笑みが浮かぶ。

「きゅー！」

「そうか。ありがとう」

ジョルジュくんがどういう少年なのかは、わからない。何故《なぜ》彼が自身を卑下しているのか、その理由もわからない。

ただ、一つだけ、私は理解した。

ジョルジュくんは、ツンデレだ。


赤いのと、ナッツくん。

青いのと、ジョルジュくん。

私たちの初めての選定の儀は、二人の竜騎士を誕生させて、幕を下ろした。

次に行われる名づけの儀で、パートナーが決まった子竜は名前を得られるのである。

もう赤いのは赤いのでなくなるし、青いのも青いのではない。ちゃんとした、呼び名をパートナーから与えられるのだ。名前があるって、良いなぁ。

むうぅ、ぬぐうぅ！

選定の儀のメンバー！

マトモなの、ナッツくんとジョルジュくんだけだったのは何故なんだ！

多分、貴族の子たちだったんだろうけど、ほかの三人、態度悪過ぎ！

私だって、私だって！　アーサーさんみたいな爽《さわ》やかな子が居れば、キラキラな王子様が居たならば！

くうぅ、良いなぁ。赤いのと青いの。

私は、退室していく二匹と二人を、恨めしく見送ったのだった。


今回パートナーが決まらなかった私たち五匹は、世話役の引率のもと部屋へ帰ることになった。なんだろう、この敗北感は。

選定の儀を行った部屋から、私たちの部屋のある一角に近づいたところで、世話役の長《おさ》が口を開いた。

「子竜さま方。残念でございましたが、選定の儀はこれから幾度も行われます。ですから、皆さまが心惹かれる存在に、きっと出会えることでしょう」

世話役の長の慰《なぐさ》めの言葉も、何だか虚《むな》しく聞こえる。

私だけのパートナー。本当に、見つかるのかなぁ。

だけど私以外の子竜たちは、特に落ち込んだ様子もなく、楽しそうにしている。

『良かったねー！』

『また、おねーさんたちと居られるね！』

黄色と黄緑の声にハッとなる私。

そうだ、ファナさん！

パートナーが決まらなかったのならば、当分の間はファナさんと居られるのだ！

あ、じゃあまだ、パートナーはいいや！　私、ファナさん大好きだもん！

『ファナさーん！』

急に元気が出てきた私は駆け出して、世話役の長《おさ》を追い抜く。

「あら、まあ、転ばないようお気をつけくださいませ」

世話役の長の言葉を背に、私はどんどん駆ける。

今はもう、私たちの部屋がある場所に入ったので、皆と離れても叱られないのだ。ここは、衛兵さんがたくさん居るし。あ、こんにちはー！

とか、挨拶《あいさつ》してたら、見慣れた後ろ姿をはっけーん！　ファナさんだ！

廊下に等間隔にある真鍮《しんちゅう》の柱の陰に、ファナさんは居た。

よーし、後ろから飛びついて驚かせちゃおうかな。

「きゅー、きゅ……っ」

思いっきり飛んでからの、空中で半回転、着地して——バックステップする私。詰めていたファナさんとの距離を思いっきり離す。

いや、だって、居るのだもの。柱の死角で今まで見えなかったんだけど、ファナさんの他に黒いワンピースを着た女の子が。

ファナさんより、二つぐらい年下な感じだ。

初めて見る服装。

形は、ファナさんの着る白いワンピースとほぼ同じだけど、色が違うだけで印象が変わる。黒い服の人って、竜騎士の人以外見たことないし。誰だろ、あの子。

「……う、……やなんです！　……てください……っ」

「……が、……ても、いいのかしら」

二人の話す声が聞こえる。ぶつ切りだから、内容まではわからない。だけど、ファナさん凄《すご》くつらそうだ。

黒い服の女の子は、ファナさんを見下《みくだ》すようにしている。嫌な表情だ。私たちを蔑《さげす》んでいた、さっきの三人の竜騎士候補生と重なる。

やがて黒い服の女の子は、ふんっと鼻を鳴らすと去っていった。

ファナさんは肩を震わせ、重い足取りで歩き出す。

何だったのだろう、今の。

「今のは、リースの子竜さまの世話役ですわね。それに、黒き乙女が何故《なぜ》、ここに……」

私に追いついた世話役の長《おさ》が、そう言って顔をしかめた。

因《ちな》みにリースとは、日本で言うところの桜みたいな花の名前だ。私は世話役たちから〝リースの子竜さま〟と言われているのだ。つまり、桜の子竜さまと呼ばれてるようなものかな。

黒き乙女とは、さっきの黒いワンピースの女の子のことだろう。白き乙女と、対《つい》になってる感じだ。

「きゅー……」

不安になって見上げる私に、世話役の長は安心させるように笑う。

「大丈夫ですよ。ファナにはわたくしから話を聞きます。ですから、子竜さまは安心してお部屋にお戻りください」

本当に、大丈夫なのかなぁ。

「長さま！」

衛兵さんがひとり、世話役の長に駆け寄って来る。そして、私やほかの子竜たちに気がつくと、頭を下げた。

「さあさあ、皆さまはもうお戻りください」

長に促《うなが》され、私たちはそれぞれの部屋へと向かう。

ふと、私の耳に、世話役の長と衛兵さんの会話が入る。

「……黒き乙女は、……侯爵家の」

「……ファナには、私から……、侯爵家の娘は……聞き次第、処罰……」

処罰！

処罰って、まさか、ファナさんに!?

ああ、いや落ち着け私。まずは、部屋に戻ろう。ここに居たら、盗み聞きがバレてしまう。

ドキドキする胸を押さえ、私は自分の部屋に戻る。あまりにも慌てていたので、扉を開けてくれた衛兵さんにお礼を言うのも忘れていた。衛兵さんが扉を開けたということは、ファナさんは部屋にいないはず。

どうしよう。このままファナさんが帰ってこなかったら。

処罰って、何をされるのだろう。

いや、落ち着こう。よく、思い出すのだ。

世話役の長は、侯爵家の娘は、と言っていた。

侯爵家の娘というのは、きっとあの黒い服の女の子だ。ファナさんは、普通の家庭で育ったって、前に話してたし。

だから、ファナさんは大丈夫なはず。

――だ、大丈夫だよね⁉

私は寝床の毛布に丸まった。

「きゅ。きゅー……」

ファナさん、早く帰ってきて。

ゆらゆらと、体が揺れている。

ゆっくりと優しい振動に、私は僅《わず》かに鳴いた。

「きゅー……」

「子竜さま、起きてください」

聞こえる優しい声に、急速に意識がハッキリしていく。

ファナさんだ！ ファナさんが、帰ってきた！

「きゅっきゅー」

勢い良く体を起こした拍子に、毛布がずるずると落ちていく。そうか、私は寝てしまったのか。

いや、今はそれよりもファナさんだ！

『お帰り、ファナさーん！』

私を起こしてくれたのであろうファナさんの胸に飛び込む。

「きゅー！　きゅー！」

嬉しくて、泣きそうである。ファナさんは、処罰されなかったのだ。良かった！

「まあまあ、子竜さまったら」

ファナさんは私を抱っこして、立ち上がる。そして、人間の赤ちゃんにやるように、私の背中をぽんぽんと撫でた。

「どうやら、心配をかけてしまったようですわね」

うんうん！　すっごく、心配した！

「でも、大丈夫ですわ。部外者を皆さまのそばに招いたことを、注意されただけですから」

『本当にー？』

「ええ、本当ですわ」

ただ、物凄《ものすご》く叱られてしまいましたけど。と、ファナさんは悪戯《いたずら》っぽく笑う。

本当だ。ファナさん、平気そうだ。良かった。

『あの女の子誰？』

安心した私は、気になっていたことをファナさんに尋ねる。

「お友達ですわ。私を訪ねてきてくださったのですが、少し、怒らせてしまって……」

ファナさんは困ったように言う。

お友達……

そういう雰囲気じゃなかったけどなぁ。でも、ファナさんがそう言うなら、そうなのかなぁ。

腑《ふ》に落ちない。落ちないけど、まあ、ファナさん帰ってきたからいいや！

それに、今日の選定の儀について話したいこといっぱいあるし。

ファナさん、聞いてー！

私は、ファナさんとたくさんお話をした。

パートナーが決まらなかったというところで、ファナさんは複雑そうな顔をした。私が騎竜《きりゅう》になれなかったのは残念だけど、まだしばらくは私と居られるから嬉しい……ということだったら、良いな。自惚《うぬぼ》れてたい！

夜になり、私は寝床に潜《もぐ》る。

「お休みなさいませ、子竜さま」

「きゅー」

ファナさんが鉄格子の扉に鍵をかけ、部屋を出て行く。

ふう、今日は疲れたなぁ。

初めての選定の儀だったし。

失礼な子たちも居たし！

まあ、ナッツくんやジョルジュくんのおかげで、嫌な子ばかりじゃないってわかったから、良いかな。

私のパートナーは、優しい人がいい。もちろん、アーサーさんみたいなキラキラ王子様な外見の！

「きゅー……」

毛布のなかで、私はもぞもぞと動く。

なかなか寝つけない。

さっきちょっと寝ちゃったせいかな。

そういえば、赤いのと青いのはどうしてるかな。今頃はもう、成竜《せいりゅう》になっちゃってるかな。

なんか、想像つかないや。小さくない赤いのと青いのって。

あ、でも。赤いのは、親竜に誉められてるかも。赤いのの親竜って、両方とも現役の騎竜《きりゅう》なんだよ。つまり、今日からは親子揃って同僚ってことだね！

私たち子竜七匹は、一緒に育ったけど、生まれた境遇はまったく違う。

私の場合は、身近に居る身内は兄ちゃんだけだ。

親竜のことはあんまり詳しくは知らないけど、母竜は自由気ままにあっちこっちを飛び回ってるって、兄ちゃんが言ってた。

青いのは、確か、卵の状態で保護されたって言ってた。だから血の繋がった身内は誰もそばに居ないけど、寂しくはないとも。なぜなら、卵の青いのを、温めて孵《かえ》してくれた竜が竜舎に居るからだ。

その竜は、私の兄ちゃんのように、青いのにちょくちょく会いに来てくれてるみたい。

「きゅー」

そこまで考えたら、ようやく眠くなってきた。

赤いの、青いの——

おめでとう。

私はゆっくりと、眠りに落ちていった。

◆
◆
◆

初の選定の儀を終えてから、一週間。

私は、兄ちゃんの訪問を受けた。

兄ちゃんは、本日も人型になっております。

というか、最近になってわかったことだけど、竜は成竜《せいりゅう》になったら基本的に人型じゃないといけないのだそうだ。

ほら、常に竜だったら大きすぎて行動範囲狭まっちゃうし、他国の間諜《かんちょう》にも狙われやすい。

だから、人間の姿になって人間のなかに紛れ込むんだって。考えてるね！

因《ちな》みに、兄ちゃんが度々竜の姿で来ちゃうのは、演習の帰りとかに少しでも早く私に会いたくて我慢できなくなっちゃうからなんだって！　私、愛されてる！

「間に合って、良かった」

そう言った兄ちゃんのあとに、アーサーさんが続く。アーサーさんは、丸めた紙の束を両手に持っていた。

「カイギルス、人使いが荒いよ」

困ったように笑うアーサーさんが、紙の束をバサバサと音を立てて床に置く。

カイギルスとは、兄ちゃんのことである。もちろん、命名はアーサーさんだ。

「どうぞ、椅子をご用意しましたのでおかけください」

ファナさんが椅子を二脚用意して、兄ちゃんたちに声をかける。

「アーサー、俺は忙しい。お前は座ってろ」

「はいはい」

そう言うと、アーサーさんは椅子に長い足を組んで座った。何とも、絵になる人だ。

『兄ちゃん、どうしたのー』

どうやら、今日はぽーんをする余裕が、兄ちゃんにはないようだ。

いそいそと紙の束をほどき、広げていく。あれ、これって壁紙？

そう言えば、兄ちゃん間に合ったとか言ってたけど、この壁紙と何か関係があるのだろうか。

『兄ちゃん、これどうするのー？』

「まあ、待て。今、用意する」

用意となな。

兄ちゃんは、持ってきた紙袋をガサガサと漁《あさ》り、何かの箱を取り出す。

なかには、えっと、黒い……あっ、印肉《いんにく》だ！

「さあ、ここに手をポンとついて、こっちに押すんだ」

『はーい』

私は、兄ちゃんの言うことを素直に聞く、良い子ですよー。

よいしょ。ぽむぽむと黒い印肉に前足をつき、壁紙にていっと押す。

白い壁紙にくっきり浮かぶ、ちっちゃな私の手形。うむ、可愛《かわい》らしい。

兄ちゃんはそれを満足そうにして見ている。

「よし、いいか。それを、この紙いっぱいに押すんだ」

『アイアイサー！』

ぺたぺたぺた。あ、なんか楽しい。

「きゅっ、きゅっ」

「ふふ、楽しそうだね」

アーサーさんが、微笑む。

うん、楽しいですよー。

「子竜さまは、兄君さまをお慕いしておりますから」

アーサーさんにお茶を淹《い》れながら、ファナさんが言う。

そうなのだ。私は兄ちゃんが大好きなので、兄ちゃんがやること全部に、楽しくなってしまうのである。

「私には兄弟が居ないから、羨《うらや》ましいな」

ほう、アーサーさんはひとりっ子なのか、意外だな。てっきり弟や妹がいる、長男だと思ってたよ。優しいし、爽《さわ》やかで面倒見も良いから。

アーサーさんは、ファナさんが淹れたお茶を優雅な動作で一口飲むと、ファナさんを見る。

「君は？」

「え？」

突然の質問に、キョトンと目を瞬《また》かせるファナさん。

「君は、居ないの？　兄弟」

アーサーさんの質問の意図に得心がいったファナさんは、にっこりと笑う。

「居《お》りますわ。妹がひとり」

その笑顔が、あまりにも優しくて。私は思わず嫉妬《しっと》してしまった。いいな、妹さん。

ファナさんに、こんなに思われて。

「そう。皆、羨《うらや》ましいよ」

ふうっと、拗《す》ねたようにため息をつくアーサーさんは可愛《かわい》かった。これが、ギャップ萌えとかいうやつだろうか。

はっ、いかんいかん。手が止まっていた。ぺたぺた。

『ねー、兄ちゃーん』

「うん、何だ」

『質問していーい？』

「いいぞ」

『これ、何に使うの？』

「俺の部屋の壁紙にする」

「えっ、悪趣味……」

アーサーさんの言葉に、兄ちゃんはむっとする。

「何を言ってる。騎士を定めてしまったら、今の手形ではなくなってしまうではないか」

つまり私が、パートナーを決めて成竜《せいりゅう》になっちゃったら、この可愛いお手てじゃなくなるので、今のうちに残しておきたいってこと？

「気持ちはわからないでもないけど、やっぱり悪趣味だと思うよ」

兄ちゃん、兄ちゃん。ごめんね。私も、アーサーさんと同意見だよ。壁一面に子竜の手形って、ホラーだよ。怖いよ。

「……わかった。額縁で我慢する」

妥協案が、額縁！

……壁紙よりは、マシかなぁ。

兄ちゃんは、ある程度までぺたぺたした壁紙を手に取ると、今度は紙の栞《しおり》を取り出す。

「これが、最後だ」

うむ、栞にしてまで持ち歩きたいとは、私って愛されてますな。

そう思いながら、私はぺたぺたぺたと手形を印《しる》したのだった。

兄ちゃんとアーサーさんは、それからしばらく話して、帰っていった。

凄《すご》く楽しかった！

私、幸せ〜。

そんな幸せな日々を過ごしていた、ある日——

〝悪意〟は突然やってきた。

思えば、その日の夕飯は、何かがおかしかった。

ファナさんの顔色が、冴《さ》えない。

「さ、あ。子竜さま、好物のミルアですわ」

「きゅー」

ファナさんに食べさせてもらいながらも、私は不安で仕方がない。

ファナさんの声、震えている。どうしたのだろう。

よそ見をしながら食べている私の歯が、何かを引っかける。

しかし気が逸れていた私は、種か何かだと思い、それを噛み砕いて呑み込んだ。

瞬間。私の体に異変が起こる。

「きゅー……っ」

全身に痺《しび》れるように、冷たいものが巡る。脳裏《のうり》にチカチカと光が走り、体が重くなっていく。なんだ、これ。

「こ、子竜さま……っ」

ファナさんが、慌てて私に呼びかける。だけど、小声だ。

周りに聞こえないくらいの小さな声。

まさか――

「ご、めんなさい、ごめんなさいっ、子竜さま……っ」

ファナさんの涙のまじる謝罪の声に、私は、ああそうか、と悟った。

私の異変は、ファナさんのせいなのだと。ミルアに何か仕込んだのだ、彼女は。

「まあ、食べましたのね」

突然、部屋に鈴を転がすような声が響いた。

朦朧《もうろう》とする意識のなか、私は声のした方を見る。

扉を開けて入ってきたのは、白いワンピースを着た、白き乙女だった。しかし、顔を見て驚愕する。

以前見たときは、彼女は黒いワンピースを着ていたはずだ。なのに、なんで白いワンピースを……

「本っ当に、忌々《いまいま》しいこと！　こんな薄汚い竜の子どもに少し近づいただけで、謹慎《きんしん》だなんて！　しかも、わたくしだけ！」

「ジュ、ジュリエッタさま……」

ファナさんが、怯《おび》えたように少女の名を口にする。それだけで、二人の力関係がわかる。やはり、友達だなんて嘘だ。

ジュリエッタと呼ばれた少女は、ファナさんに侮蔑《ぶべつ》の視線を向け、こちらに近づいてくる。

「まったく、何度見てもおかしな色だこと」

私を見下《みくだ》すように言って、彼女は笑う。

「でも、そんなあなたが居たから、わたくしはあの方に出会えたのです。少しは感謝してあげてよ」

うっとりとした様子で金色の巻き毛をかき上げる彼女は、完全に自分の世界に入っている。

「美しい方。わたくし、約束のものを献上しましてよ。さあ、ファナ。さっさと、その汚いのを檻《おり》のなかに入れてしまいなさい」

「ジュリエッタさま――。子竜さまが、苦しんでおられます。アレは、本当に害がないのですか」

「知らないわ」

少女は、ファナさんにあっさりと言い放つ。

「そんな……っ！　害がないと仰《おっしゃ》ったから、私……っ」

バチンッ！

鋭い音が響く。少女がファナさんの頬を打ったのだ。

「うるさくてよ。使用人の娘が、わたくしに刃向かうなど。バカじゃないの？」

「う……っ」

ファナさんは俯《うつむ》く。それ以上、逆らう気配はない。これがきっと、二人の関係なのだ。

くそっ！　体が動かない！　何でだ！　ファナさんが酷《ひど》い目に遭わされているのに！

ファナさん、ファナさん！

確かに、ミルアに何かを仕込んだのはファナさんだ。だけど、私はファナさんを恨めない。だって、好きだから。私の、今までの小さな世界で、ファナさんはかけがえのない大きな存在だ。

だから、だから！

嫌いになれないよぉ……っ！

「きゅ、きゅ……っ」

必死に、ファナさんに近づこうとするけれど、体が重い。全身に何かが纏《まと》わりついているような違和感――気持ち悪い。

「あら、まだ動けますの？」

「子竜さまっ」

冷たい声と、私を心配する声。

その二つを聞きながら、私の意識は閉ざされていった。

第三章　運命の出会い

こぽりと、水の音がする。

浮かぶ泡。

水面《みなも》のように揺らめく、薄暗い天井。

白と黒の、市松《いちまつ》模様の床――

いつか見た夢の世界に、私は居た。

人型の私は、力の入らない体をソファーにぐったりと預けている。

夢だというのに、感覚がリアルだ。

ゆっくりと、重い腕を上げると、裾《すそ》広がりのレースの袖《そで》。以前の夢と同じ服装だ。

だが、前と違うところがある。

黒い靄《もや》のようなものが、私の腕に絡みついているのだ。

それは腕だけじゃなく、体全体を取り巻いているようだった。体にのしかかる重苦しさは、この靄のせいなのだろう。

はあっと、私は重い息を吐く。苦しくて、仕方がない。
何故《なぜ》こんな目に遭っているのだろう。
こぽりと、また泡が床から出てくる。
相変わらず、変な現象だ。
泡は私の顔の前をゆっくりと上がって、消えていく。
——喉、渇いたな。
唐突に、そう思った。
苦しいし、体が重い。
だけど、喉も凄《すご》く渇いている。
——水、欲しい。
そう念じると、水の入ったグラスが目の前に現れた。
水だ。
私は、目の前に浮かぶグラスに手を伸ばす。
グラスのなかの水は、透明で、キラキラと輝いている。
グラスを掴んだ私は、グイッと、それを飲み干した。
そして、世界は光に包まれる——

「ぴぎゅっ！」

ガタガタッという激しい振動に、私は目を覚ました。

振動は止むことなく続き、夢から覚めたばかりの私は、ぽんぽんと飛び跳ねている。

近くにある木箱に掴まり、振動の続くなかあたりを見回す。

今は多分、夜なのだろう。周囲は真っ暗だ。でも、竜という生き物は夜目が利くのだ。

私が居るのは、何かの倉庫のような縦長の四角い部屋。床や壁は、木でできている。

隅《すみ》には木箱が重ねて置いてある。

月の光が差す小窓に目をやると、外の風景が流れていた。目に入るのは、たくさんの木々。ということは、森のなかをこの四角い部屋は移動しているのだ。

「ぴぎゅ……」

まさか、馬車？　日本では馬車は廃《すた》れていたけど、ファンタジー漫画や小説などで知識がある。

ここは、荷馬車のなかなのかもしれない。時折、馬の嘶《いなな》きも聞こえるし。

なんてことだ。

おそらく、私は誘拐されてしまったのだ！

初めて竜舎の外に出たのに、それが誘拐されたからって……。最悪だ。

それにしても、どうして誘拐なんてされたんだろう。

そうだ、ファナさんが……

「きゅうぅ」

目に涙が浮かぶ。私はファナさんに裏切られたのだ。

今までファナさんが見せてくれた笑顔が、走馬灯《そうまとう》のように流れていく。

……いや、きっと、理由があるのだ。

私の誘拐に手を貸さねばならなくなるような、理由が。

ファナさんの優しさは、嘘じゃない。そう信じたい！

ならば、泣いている暇などないはず――

目が覚めてから一気に色々と考え、そして私は決めた。

私は、私のやるべきことをやり、帰るのだ！

「ぴぎゅっ！」

気合を入れた私は、揺れるなかを木箱に掴まりながら移動する。誘拐されたというのに、私はひとりで放置されている。

この部屋のなかに、ひとりぼっち。

うん、動きたい放題だ。

馬が居るならば、御者《ぎょしゃ》……だっけ？　それも、居るはず。私が荷台にひとりきりにされているならば、そこに犯人一味が居る……と思う。

まずは近くまで行き、何か話していれば盗み聞きするのだ！

話し声がしなければ、多分ひとりだけだから、子竜の渾身《こんしん》の守護壁でドーン！　だ。

複数犯ならば、荷台の壁をドーン！　して、脱走する！　子竜とはいえ、最強の種族である。実は強いんだよ、私。

ただ、子竜は世間知らずで隙だらけだから、衛兵さんに守られていたけれども。

よし、上手く、壁際まで来られたぞ！

「なあ、何か音がしなかったか？」

「……俺には、聞こえない」

「そうかぁ？」

壁の向こうから、初めて聞く声がした。壁の隙間から覗けば、御者台にふたり、座っているのがわかった。

頭からすっぽりとマントをかぶっているので、姿は良くわからない。けど、声としゃべり方からして、両方とも男のようだ。

よし、この人数なら何とかなる、かも！

気絶する前あんなに重かった体は、今は凄《すご》く軽いし！

「まさか、あの竜起きてないよな？」

ぎくり！

「そんなわけないだろ。悪意の欠片《かけら》を飲んで、まだ数時間だ。回復するには早すぎる」

「そっか、緑の民《たみ》であるお前が言うんだ。なら、大丈夫か」

「おい！　周りに誰も居ないとはいえ、迂闊《うかつ》なことを口にするな！」

「誰も聞いてねぇって」

いえ、私がバッチリ聞いてます。

悪意の欠片に、緑の民。

――ダメだ。どっちもピンとこない。

ぬー。もう少し、聞くべきか。どうしよう。

誘拐なんて初めてだから、どうすればいいのかわからないよ！

と、取りあえず、守護壁は展開しておこう。念の為に。

「……なあ、本当にイエルのやつに、あのチビ渡すのか？」

「それが、我らの任務だ」

「けどよぉ、まだ、本当に小さいんだぜ？」

何故《なぜ》か、犯人のひとりの声に哀愁《あいしゅう》がまじる。もしかして同情？

「それがどうした」

「だって、渡しちまったら、アイツ、殺されるんだろ？」

「ぴぎゅっ」

殺される⁉

殺されちゃう⁉

「お、おい、今確かに鳴き声が……」

「まさかっ⁉」

犯人一味の動揺が伝わってきたが、私は私で混乱していた。

突然突きつけられた死の恐怖。平静でいられるはずがない。私、完全にパニックだよ。

「きゅーーーー！」

気づけば私は、荷馬車の天井を突き破っていた。

そしてそのまま、近くの草むらに落下する。

「なぁ……っ⁉」

犯人の驚きの声は、馬車が結構な速度が出ていたこともあり、直《す》ぐに遠くなっていく。

さすが、竜！　木の枝バッキバキいっても、鱗《うろこ》に守られて何ともない。私無傷だよ！

むうんっ！

よし、逃げよう！

早くしないと、犯人が戻ってくるかもしれない。いそいで、ここを離れなきゃ。

今こそ、竜の身体能力を見せるときだ！

「きゅきゅきゅーう！」

だだだだっと、夜の森を駆け抜ける。赤いのがやったように、守護壁で擬似的な角を作り上げ、邪魔な木の枝を吹っ飛ばしていく。

駆ける、駆ける。

ひたすら月夜のなかを、走り抜ける。

私は、そう――逃げているのじゃない！　自由に向かって、明日を目指してるのだ！

私はただ、ただ、走るのみ。

もう、一時間以上走り続けているから、感覚がおかしくなってきた。

「ぴぎゅーーーー！」

森の先にある小高い丘を、勢いよく飛ぶ。

ふんっぬ！

後方、敵兵の気配なし！

完全に逃げ切ったー！

「ぴぎゃっふん！」

転んだ！　今、勢いよく転んだ！　ずしゃりと滑る私！

でも、痛くない！　私、頑丈だから！

しかし、おかげでようやく、立ち止まることができた。

「ぴぎゅぎゅっ」

土まみれになった体を払い、立ち上がる。

きょろきょろとあたりを見渡すと、相変わらずの森のなか。いや、むしろ深く入り込んだとも言える。

――ギャア、ギャア！

野鳥の鳴き声に、びくりと身を震わす。

そうだ。私、初めての外だったのだ。私の知識にはサバイバルに関するものがない。

今、そばには、子竜たちは居ない。ファナさんも、居ない。

ひとり、だ。

「きゅー、きゅっ！」

いかん！　弱気になっちゃ、ダメだ！

確かに今はひとりだけど、でも、いつか、竜舎に――皆のもとに帰るのだ。

負けない、負けない！

けど……

「きゅー……」

お腹空いたなぁ。

追っ手の心配がなくなった後、私はとぼとぼと暗い森のなかを歩いた。最初の勢いはどこへやら、だ。

夜を照らしていた月は雲に隠れてしまい、あたりは真《ま》っ暗闇《くらやみ》。

しょんぼりと肩を落とし、私は途方に暮れている。

あれからどのくらい経ったのかわからない。

ひとりがこんなに寂しいものだなんて知らなかった。

こんなに心細いだなんて――

「くるるぅぅ」

無意識に、呼びかける鳴き声が零《こぼ》れる。

私は、母竜を呼んでいるのだろうか。——違う。わかってる。

私が本当に、呼んでるのは。

「きゅ……」

ファナさん。

もう、甘えてはいけないはずの人。

それでも、呼んでしまう。

私は、彼女に助けて欲しかった。自分にひどいことをした人なのに、ファナさんにそばに来て欲しいと、思った。

寂しくて、悲しくて。何度も、鳴き声を上げる。返事などないとわかっていながら。

「くるるぅぅ……っ」

「……誰か、居んのか？」

「ぴぎゃっ⁉」

まさかの返事が⁉

がさがさと草木をかきわけ、人が現れた。

頭にバンダナを巻き、マントを羽織った青年の姿が暗闇《くらやみ》のなかに浮き上がる。ファナさんと同じ年頃の青年だ。

闇夜に溶けるような漆黒の髪の青年は、鋭い眼差しの持ち主であった。

だけど――どうしてだろう。彼に、目が、心が、一直線に向かっていく。

私は、不思議なほどにこの青年に惹かれている。

そのとき、雲の切れ目から、月の光が降り注いだ。

「お前……竜か？」

訝《いぶか》しげに呟いた青年は、木の影から一歩踏み出す。

月光が、彼を包む。

私は目を、淡く光る彼から逸らせなくて――


運命だ、と思った。


運命の出会い！　絶対そう！

私は今、ひとりで盛り上がっている。

目の前の青年は、マントをバサリと払うと、私に目線を合わせてくれた。

マントの下は、緑のシャツに胸当てと、焦げ茶色のズボンにブーツだ。シャツから見える腕は細身でありながら、筋肉がしっかりついているのがわかる。

鍛えてらっしゃるのですね。素敵！

「おー、チビ。どうした、お前ひとりぼっちなんか？」

「きゅー、きゅっきゅきゅー」

いえ、今あなたと出会いました！

「……何言ってんのか、わっかんねぇ」

青年はそう言うと、バンダナを巻いた頭をガシガシとかく。そして眉間に皺《しわ》を寄せたあと、マントの下から何かを取り出した。

「もしかしてお前、腹減ってんのか？」

「きゅー！」

お腹空いたー！

さっきまで、あんなに不安だったのが嘘のように、私は安堵していた。青年と出会った瞬間に、ファナさんのことを一時的にでも忘れられるくらい、彼に惹かれたのだ。と、同時に空腹も感じられるようになっていた。

「そうか。これ、夕食用に集めてたもんだけど、食うか？」

青年が差し出したものは、子竜の嗅覚《きゅうかく》を刺激するものだった。

きのこ！

「きゅー！」

私は遠慮なく、青年からきのこを受け取ってかじりついた。

果実も好きだけど、きのこも美味《おい》しいよー！

「きゅっきゅむきゅむ」

「そーか、美味《うま》いか」

「きゅっ！」

青年に頭を撫でられ、私はうっとりと頭を擦り寄せる。気持ちいいー！

「……野生、じゃあねーな」

ぽつりと青年は呟く。

もしゃもしゃと、きのこを食べながら、私は青年を見る。

青年は、何かを考え込むように黙り込んでいる。どうしたんだろう。

青年は、私がきのこを食べ終わるまでたっぷり考えたあと、こう言った。

「なあ、チビ。俺と来るか？」

「きゅー！」

行くー！

願ってもない青年のお誘いに、私は一も二もなく頷く。

「そうか、じゃあ行くぞ」

「きゅっきゅー」

青年に抱き上げられた私、凄《すご》くご満悦。

青年は身軽な動作で、木々の間を走り抜ける。

ほどなくして、赤く光るものが見えてきた。焚《た》き火だろうか。

その光に近づくにつれ、人の声もする。それなりの人数が居そうだ。青年の仲間かもしれない。

それは、是非ともご挨拶《あいさつ》せねば！

「一匹で、とぼとぼ歩いてたから拾ってきた」

私を抱っこしたまま、彼は開口一番仲間にそう言った。

「拾ってきたって、おめぇなぁ」

呆れた口調で言うのは、大柄な五十代ぐらいの男性だ。白髪まじりの髪は、獅子《しし》のように逆立っている。なかなかに迫力のある人だ。

赤いハーファーマーが、その迫力をさらに増している。

「犬や猫じゃねぇんだぞ。んなちっさい竜、直《す》ぐに衰弱しちまうし。しかも、野生じゃねぇときた」

「ガッドゥ爺《じい》、わかんのか」

青年の言葉に、ガッドゥと呼ばれた人は頷く。

「角がねぇ。野生には角があんだよ」

すごい！　この人、よく知っている。

私みたいに、人と共生している竜と違って、野生の竜には額《ひたい》のあたりに鋭い角が生《は》えているのだ。

「へー、チビ。お前、迷子だったわけ？」

「きゅー！」

誘拐されたんだよー！

私は正直に話したのだが、普通の人に私の言葉はわからないので、青年は私を迷子と思ったようだ。「大変だったな」と言って、私の頭を撫でる。その優しい手つきはファナさんを思い出させ、浮かれていた私の心が一瞬痛みを訴えた。ファナさん……

落ち込む私をよそに、ガッドゥさんは顔をしかめている。

「まあ、迷子かどうかはおいとくとしてだなぁ」

何故《なぜ》かガッドゥさんは非常に困っているようだ。

青年は不満そうに、ガッドゥさんを見る。

「んだよ。コイツの面倒は、俺がちゃんと見るぜ？」

「ギル。ちげぇんだ。その子竜はな、このままじゃ何も食えねぇんだ」

ん？

ガッドゥさんの言葉に、青年――ギルさんは首を傾《かし》げる。

「食ったぜ、きのこ」

と言って、親指で私を指し示す。

うん、美味《おい》しかったよ！

「なんだと!?」

ギルさんの言葉に、ガッドゥさんは驚いたようだ。目を見開いている。

「食ったって……お前が、食わせたのか？」

「ああ。腹減ってたみたいだし。なあ、チビ」

「きゅー！」

大変美味《びみ》なものをありがとうございました、ギルさん！

ギルさんって、名前もかっこいいのですね！　ますます、素敵！

「そうか……。子竜が、人の手からものを食べたのか」

そういえば子竜って、ファナさんみたいな白き乙女のもとでしか食事をとらないのだっけ。思えば私も、ずっとファナさんの腕のなかで食べてたなあ。

あれ？　だったらなんでギルさんは平気だったんだろう。

悩む私の前で、ガッドゥさんがギルさんを見た。真剣な表情を浮かべている。

「よし、ギル。責任を持って、そいつの世話をしろ」

「つーか、最初っから俺が世話するつってんだろーが」

ギルさんはふてくされたように言うと、私を抱え直した。

胸から、今度は右肩に移動し、きゃっきゃとはしゃぐ私。

だってギルさん背が高いから、視界がいつもより上になって楽しいのだ。

「おら、チビ。あんま、暴れんなよ」

「きゅー」

はーい。

和気あいあいな雰囲気の私とギルさんに、ガッドゥさんが豪快に息を吐く。

「――これも、運命ってやつかねぇ」

そして、そう呟いた。

運命ですよ、運命！

私とギルさんの出会いは！

もう、私は悟ったのである。

ギルさんは、私の運命の相手であると！

「きゅーきゅきゅ、きゅー！」

ギルさん、一目惚《ひとめぼ》れって信じますか！　ピンクな子竜って、嫌いですか！

ギルさん、凄《すご》くかっこいいのでテンション上がります！

「おー、なんだチビ。ずい分ご機嫌だな」

「きゅー！」

そりゃー、恋する乙女ですからね！

ギルさんが指で私の喉のあたりをくすぐったので、お返しとばかりに、彼の頬にすりすりする。

端から見れば、イチャイチャマックスなのだろう。ガッドゥさんが、呆れたように私たちを見ている。

「……まあ、その、なんだ。ソイツのことは、後で改めて話すとして、だ。ギル、他のやつらにも一応紹介しとけ」

「紹介って」

不思議そうに問い返すギルさんに、ガッドゥさんはニヤリと笑い返す。

「おめぇの、相棒だってよ」

「相棒、ねぇ」

変わらず私を肩に乗せ、ギルさんは呟く。

さっきの、ガッドゥさんの発言ですね！　私がギルさんの相棒だなんて、光栄過ぎて、きゃってなります！　なんて素敵なんでしょう！

「お前、相棒とか言われてるけど、いいのかよ」

「きゅー！」

ギルさんの問いかけに、私は即答する。

むしろ、人生の伴侶でお願いします！

私の鳴き声に、ギルさんはふっと笑う。

ギルさんって、普段の眼光は鋭いけど、笑うと凄く柔らかい目になるんだ。ほう、眼福。

「そっか。今更だが、俺はギルってんだ。よろしく、相棒」

「きゅきゅー」

こちらこそ、よろしくお願いします！

篝火《かがりび》が点々と掲げられた夜の暗闇《くらやみ》のなか、ギルさんは、仲間の人たちのところへ私を連れて行ってくれた。

周りの様子は、野営地って感じだ。

焚《た》き火の周囲には、野太い声を上げて笑っている男性や、剣や弓の手入れをしている人とかが居る。女の人は見あたらない。

……どういう集まりなんだろう。

「俺たちは、傭兵団《ようへいだん》だ」

私の疑問を察したわけではないのだろうけど、タイミング良くギルさんが教えてくれた。

いや、以心伝心ってやつかもしれない。きゃっ！

傭兵団って、前世のイメージとしては、戦争とかで国に雇われて戦うっていうのがある。

ギルさんたちも、戦ったりするのだろうか。やだな、ギルさんが怪我《けが》したりだとか、考えたくない。

「きゅー」

不安になって、ギルさんの首あたりに身を寄せた私は、そのままじっとする。ギルさんの体温が感じられて、安心するのだ。

「なんだ、眠いのか」

「きゅー……」

眠いのではなく、不安なのです。

ギルさんは私の頭を撫でると、肩から私を下ろし、再び胸元で抱っこする。

「眠いんなら、寝ちまいな」

「きゅー！」

眠くないのです！　もっと、ギルさんを見てたいです！

飛んでいけ、私の不安！　しっ、しっ！

「なんだ、チビ。もしかして、まだ腹減ってんのか？　まあ、成長期だもんな」

ちょっと待ってろ、ミルアがあったはず、とギルさんは腰に下げた袋を漁《あさ》る。

いや、ギルさん。お気持ちは嬉しいのですが、恋する乙女としては、食欲旺盛《おうせい》だと思われるのは大変遺憾《いかん》なのですよ。いや、食べますけど！

「あー、あったぜ」

と、ミルアを取り出すギルさん。

瞬間、シュッと風を切る鋭い音がしたかと思うと――

トスと軽い音が響き、ギルさんの持つミルアにナイフが刺さっていた。

「ぴぎゅっ!?」

私、びっくり!

ギルさんはというと、額《ひたい》に青筋を立てている。

「おい! ジャック! 危ねぇだろーが!」

ミルアに突然生《は》えたナイフに心当たりがあるらしく、ギルさんはナイフが飛んできた方向に怒鳴《どな》った。

その視線の先には、切り株に座り、何本ものナイフを空中に投げて回すという凄技《すごわざ》を披露している青年が居る。

赤茶けた髪は、耳より下の長さ。そして前髪が目元を隠している。あれでよくナイフを捌《さば》けるものだ。ちゃんと、見えてるのかな。

だぼっとした長袖《ながそで》のシャツから伸びた白い手が、信じられないくらいの器用さで一度に五、六本のナイフを操《あやつ》っている。曲芸師みたい!

細身の青年は、ナイフを操る手を止めないままへらりと笑った。

「はは、ギルさん、すみません」

「謝るぐらいなら、最初っからやんなよ、お前」

腹立たしげにギルさんが言うけれど、青年はあまり反省していないようだ。

「やー、でも。ギルさんなら、大丈夫っしょ！」

「……何を根拠にしての、大丈夫なんだよ」

呆れるギルさん。

ドキドキワクワクする私。

ナイフかっこいいー！

前世の私は、結構なサーカス好きだった気がする。ピエロのジャグリングとか、夢中で見てたはず。あと、大きい象に釘づけでね。あー、もう一度見たいなぁ、サーカス！

「きゅっきゅー！」

「あっ、おい。チビ、危ねぇだろ。あんま暴れんな」

はい！　ギルさん！

もう、暴れません。良い子にします。良い子は、お好きですか！

ギルさんのひと声で大人しくなった私に、ジャックさんが興味深そうな視線を送ってくる。

「ギルさん、なんですか、その子」

竜？　子竜ですよね？　へー初めて見ましたよー、と、ジャックさんは私をじろじろと眺める。

「おい、ジャック。ナイフ回しながら近づいてくんなよ。うっかり刺さったらどーすんだよ」

「あはぁ、ギルさんなら、刺さる前に避けるでしょ」

「ばか、今はコイツが居んだ。無理はしたくねーっつの」

ギルさんは私を庇《かば》いつつ、ジャックさんとの会話を続ける。守られてる安心感にとろけそうです、ギルさん！

「この子、子どもの竜でしょ。野生じゃない子どもが、なんでギルさんと？」

「……拾った」

ギルさんの答えに、ジャックさんは噴き出す。

「ギルさんらしいっちゃらしいけど。ラティのときといい、アナタ、拾いすぎでしょ」

よりにもよって竜をねぇ、とジャックさんは意味深な笑みを浮かべた。

「まあ、いいです」

と言うと、ジャックさんはナイフを綺麗にズボンのポケットにしまい込み、私の前に右手を差し出す。何だろ。

「僕らの言葉はわかるんでしょ、小さな竜さん。僕は、ジャック。ギルさんと同じガッドゥ傭兵団《ようへいだん》に所属する、傭兵です。得意なのはナイフ投げ。よろしく」

ああ、握手か！

私は、ジャックさんの右手にそっと右前足を乗せる。

「きゅー！」

よろしくー！

「人なつっこい子ですね。名前は決めたんですか」

ギルさんに向かって聞くジャックさん。

「名前は……まあ、あだ名だが、チビだ」

チビとは酷《ひど》いですね、ギルさん！

まあ、それも愛の試練だと思って、耐えますけど。

「あー……、確かに名前は、つけちゃまずいっすよね」

ジャックさんは、納得したように頷く。

「まあ、そういうこった。あと、ガッドゥ爺《じい》の許可は出てる。しばらくの間は、コイツも俺らの仲間だ」

「へー……、じゃあ皆には僕から伝えておきますよ」

「いいのか？」

「いいも悪いも、今回の仕事入ってから、ギルさんあんまり休んでないでしょ。今夜だって、ひとりで見回り行っちゃうし。竜拾っちゃうし。今夜はもう休んでくださいよ」

「チビはあんま関係ない気がするが。まあ、確かに疲れてるってのは、あるな。悪いが休ませてもらうわ」

そう言うと、ギルさんはジャックさんと別れた。

うーん。二人って、ただの傭兵《ようへい》仲間というよりは、もっと気安い関係な気がする。友達っていう方がしっくりくるかも。

よし、ジャックさんには愛想良くしておこう。ギルさんへの点数稼ぎー！

あとは、ガッドゥさんもだ。

ガッドゥ傭兵団っていうぐらいだから、ガッドゥさんは多分団長さんだ。

ギルさんの上司にも、点数稼ぎしないと！

「きゅきゅー！」

頑張れ、恋する私！

「……何興奮してんのか知らねーが、大人しくしねーと落とすぞ」

それは、いやー！

ギルさんが向かった先は、幾つも張ってあるテントのうちの一つだった。

多分、ギルさんの寝床なんだと思う。

ギルさんは真っ暗なテントのなかを器用に移動すると、分厚い毛布を用意した。

「あんま、寝心地良いとは言えねーが、我慢してくれよ」

そう言うと、彼はそこに寝転んだ。

私も一緒に！

しかもギルさんは、私を抱っこしたまま眠りにつくようです。あったかーい！

じゃ、なくて！

え？　いきなり、同衾《どうきん》とか！

そんな、やだ、どうしよう。

恋する乙女のハートが、爆発寸前なんですが！

あわあわと内心大混乱の私である。が――

「おやすみ、チビ」

という言葉とともに浮かべられた微笑に、心臓を撃ち抜かれた。同衾なんて破廉恥《はれんち》だ、きゃー、という理性的意見は、黙殺されることが決定したのである。

はう、ギルさんの寝顔、可愛《かわい》い。

こうして、竜舎の外で過ごす初めての夜は、羞恥《しゅうち》と狂喜に彩《いろど》られたのであった。

おやすみなさい。

◆◆◆

「子竜さま、朝ですよ」

ファナさんの優しい声で、私は目を覚ます。

あれ。ファナさんを見て、私は大事なことを忘れている気がした。凄《すご》く悲しい思いをしたはずなのに。

私が目覚めたのを見て、ファナさんは微笑んだ。そして、ミルアを差し出す。

「さあ、子竜さま。美味《おい》しいミルアですわ。食べてくださいな」

瑞々《みずみず》しいミルアは、私の食欲を刺激する。でも……

『ファナさん、食べたくない』

私は、拒否した。大好きなファナさんからの、大好きなミルアなのに食べてはいけない気がしたのだ。

そんな私に、ファナさんは困ったように笑う。

「ダメですわ。食べてくださらないと……」

『ファナさん？』

ファナさんはぐいぐいと、ミルアを押しつけてくる。どうしたんだろう。こんなの、いつものファナさんらしくない。

「食べてくださらないと、私……」

ファナさんの声が低くなる。

ファナさんは、涙を流しながら笑っていた。

「……ジュリエッタさまに、叱られてしまうんですもの」

ファナさんの背後に、誰かが立っていた。

その誰かは鞭《むち》を持ち、今にも振り下ろそうとしている。

『やめて！』

私は、力一杯叫んだ。

――目が覚めた。

すべて夢だったのだ。テントのなかは暗い。まだ、夜なのだろう。

私は、夢の感覚から脱することができなくて、近くに感じる熱に助けを求めた。温もりは、ギルさんだ。ぎゅうぎゅうと抱きつく。

そうだ。私はファナさんに裏切られ、誘拐されたんだ。悲しみが甦《よみがえ》ってきた。

それを忘れたくて、思い出したくなくて――。私はさらに力を込めてギルさんを抱きしめる。

温かな感触に、私は夢の怖さを忘れて再び目を閉じた。

――今度は、夢を見なかった。

眩《まぶ》しい朝日が、テントの入り口から差している。鳥の鳴き声もする。

朝である。

爽《さわ》やかな、朝がやってきたのである。

突然ですが、叫びたいです。

声を大にして、叫んで、悶《もだ》えたいです。

だって、だってね！　私、今、ギルさんに抱き締められています！

ギルさんの心臓の音が、よく聞こえます。

あれ、確か、昨夜は抱っこされて寝たけれど、ここまで距離近くなかったはず。

なのに、なんで、ぎゅってされてるのでしょうか。

いや、でも。夜中に私から抱きついたような気も……。いやいや、そんなことよりも！

「きゅーきゅー」

ギルさーん、起きてくださーい！

このままじゃ私の心臓が、持ちませんよーう！

「んー……」

私の鳴き声に、ギルさんが身動《みじろ》ぎをする。少しだけ離れて、私はホッと息を吐く。

恋する乙女に、さっきの距離はキツいものがあるのだ。嬉しいというのもあるけど！

乙女心って、複雑！

「あー……、朝か」

寝起きの掠《かす》れた声で呟き、ギルさんは頭をかいて身を起こす。

ちょっとだけはねた寝癖が、可愛《かわい》い！

ギルさんって、バンダナのなかに髪の毛を仕舞い込んでいるからわからなかったけど、意外と髪が長かった。肩より、下ぐらいかな。髪の毛下ろすと色気が出てきちゃうので、私としてはちょっと困っちゃう。

かっこいいんだけどね！

「チビも、起きてたか」

「きゅー！」

私の返事に、ギルさんはそうかと言った後、ふっと口角を柔らかく上げた。

「おはよう、チビ」

……その笑顔、反則です。


「ギルさーん、起きてるー？」

ギルさんが朝の身支度を整えたころ、テントの外から呼びかける声がした。知らない声だけど、少年っぽい。

「あー、起きてるぜ」

「じゃあ、お邪魔するね」

テントのなかに入ってきたのは、可愛らしい印象のある少年だが、まず目を引いたのは彼の髪の毛だ。緑色をしている。初めて見る色だ。

いや、この世界で別に緑色がおかしいわけではないのだよ。日本人の感性としては、びっくりするけども。

でもここは、竜も居れば魔法もある世界だからね。人の髪色も、緑があれば、青も、赤もある。ただ、私が今まで見たことなかっただけだ。知識としては知ってるよ。うむ、綺麗なエメラルドグリーン。

「ラティ、どうした」

彼は、ラティくんというのか。

「ジョーンズさんが、ギルさんの剣、直ったから取りに来いって」

ラティくんは、ギルさんに話しかけているのだが、視線は私に釘づけである。

「あと、噂のチビ竜くんを見に来たんだ」

ほう、目的は私か。ん？　撫でるのか？　抱っこしたいのか？　どっちなんだ。甘やかしてくれるのならば、初対面でもやぶさかではないぞ。

ギルさんの足元に居る私は、ギルさんの足に隠れながら、ちらちらとラティくんを見る。

思考と行動が一致しないのは、ご愛嬌だ。

「わー、本当にちっちゃい。可愛《かわい》い色してるし。まだ、赤ちゃんなのかなぁ」

ラティくんはしゃがみ込むと、私の前足を握った。むにむにと揉む。いや、柔らかくない前足で申し訳ない。

しかし、ラティくんは特に気にする様子もなく、わーちっちゃい手ーと、楽しそうである。なかなか素直そうな子だ。青いのに通ずるものがある。

構ってもらうの凄《すご》く好きなので、私は大人しくしていた。

空いている方の前足は、しっかりギルさんのズボンを握っているけども。ギルさんとも、スキンシップ！

「ジョーンズが呼んでんのか……なあチビ」

「きゅ？」

呼ばれたので、ギルさんを見上げる私。

「しばらく、良い子で留守番しててくれるか？」

「きゅう？」

え、なんでですか？　ギルさんと離れるの、凄く寂しいのですが。

私の不満がわかったのか、ギルさんは微苦笑を浮かべた。

「ジョーンズってのは、俺らの鍛冶師《かじし》だ。あいつのとこには、刃物が多い。怪我《けが》させたくねーんだよ」

と、私の頭を撫でながら言う。

わ、私の身を案じてくれるなんて！　ギルさん、優しい！

「きゅー！」

わかりました！　大人しく待ってます！

「そうか、良い子だ」

頭を撫でてくれるギルさん。私の胸は、きゅんきゅんしまくりである。

「じゃあ、俺は行くわ」

ギルさんがラティくんへ言った。

「あ、はい」

テントから出て行くギルさんを見送る、ラティくんと私。

ギルさん、後ろ姿も素敵――とうっとりする私に、ラティくんは話しかけてきた。

「ねぇ、チビ竜くん」

「きゅ？」

ラティくんは、笑みを浮かべている。はにかむような、見ているだけで心が温まるような、そんな笑顔だ。

「君も僕も、良い人に拾われて良かったね」

「きゅ！」

勢い良く返事してから、気がつく。僕も？

「ふふ、僕もギルさんに拾ってもらったんだ」

お揃いだね、と嬉しそうに笑うラティくん。

いや、あの。今サラッと、暗い話を振りましたよね。あれ、流しちゃっても大丈夫なのかな。

「きゅーきゅ」

とりあえず、さっきのお返しとばかりに、しゃがみ込むラティくんの指をにぎにぎする。ほら、アニマルテラピー的な効果があるかもだし。いや、ラティくんは、自分が拾われたとか気にしてないみたいだけど。私の心情的に、ね。

「君も良い子だね」

私の気持ちが伝わったのか、ラティくんは頭を撫でてくれる。はふー、なんで頭って撫でられると気持ち良いのだろう。不思議。

ラティくんは、ギルさんと同じように腰に下げている袋から、何かの実を取り出す。小さな苺《いちご》みたいな形をしている。

「良い子の君に、ご褒美《ほうび》だよ。干したルーの実。甘いよ」

そう言ってラティくんは、私にくれる。わーい。

「きゅー！」

ありがとー！

すりすりと、頬をラティくんの手に擦り寄せてお礼を言う私に、ラティくんはくすぐっ

たそうにしている。

「本当に、甘えん坊だね。ギルさんが甘くなるのもわかるよ」

と、ラティくんは呟く。

ギルさん、私に甘いのかい！　それは、嬉しい情報だよ！

「じゃあ、僕は行くね」

「きゅ！」

私は、ラティくんを見送った。

ルーの実、甘い匂いで幸せ。

ひとりになった私は、ラティくんからもらったルーの実を、両前足でころころといじり回しながら色々と考える。

それは、誘拐されたことではなく、ギルさんのことだ。

いや、誘拐は大事件だけど、いくら考えても誘拐されるような心当たりないし、考えても最後にはファナさんに行き着いちゃってつらくなるのだ。

だから、後回しにしてしまう。弱いなぁ、私。

でも、ギルさんのことなら、いくらでも考えられる。

バンダナに隠された黒髪の艶《つや》やかさとか、黒い瞳の美しさとか、笑うと目つきの鋭さが柔らかくなるとか！　全然、尽きない！

考えれば、考えるほど胸がドキドキと高揚していく。きゅん。

うう、私ってば、初恋だよ！

前世については、何故《なぜ》か知識ばかりが先行していて、感情はあまり思い出せない。自分自身の記憶がいまいち曖昧《あいまい》だから、恋についても、思い当たることはないのだ。

初恋、甘いなぁ。

「きゅー」

ギルさんが、私のパートナーならいいのに……

ふと、そう思った。

そうだ！　ギルさんに、パートナーになってもらえばいいのだ！

そうすれば、ずっと一緒に居られるし！

アーサーさんとはタイプは違っちゃうけど、好みと実際に好きになる人は違うって言うし！

ギルさん、桃色な子竜っていやかなぁ――

そう考えた瞬間、胸がキリキリと痛み出した。

なに、この痛み！

「きゅ、きゅきゅー……っ」

私はうずくまり、耐える。

痛みは、ほどなくして消えた。

何だったのだろう。

「きゅ……」

ギルさんをパートナーにって考えたら痛み出した。

まさか、拒否反応とか？　そんな、馬鹿な。

パートナーって、自分の意思で決められるものだったのでは。なのに、なんで拒否反応が出るのだ。解《げ》せない。

よし、もう一回だ！

ギルさんをパートナーに……

「きゅぎゅぎゅっ!!」

いったー!!

また、キリキリしてきた！

え、本当に拒否反応なのか!?　そうなのか!?

いや、ギルさんが私を拒否する可能性はあっても、私が拒否するとか有り得ない！

ならば、この痛みはいったいなんなのだ。いたた。

痛みは治まったが、私には疑問ばかりが残った。

……そうだ、竜舎に帰れたら、世話役の長《おさ》とかに聞いてみよう。こんな拒否反応、前例が有りますかって。くすん。

息を吐いたところで、テントの外から足音が聞こえた。

あ！　ギルさんだ！

「チビ、待たせたな」

「きゅー！」

お帰りなさい！

帰ってきたギルさんは、腰に帯剣していた。その剣は装飾品はないけど、シンプルだからこその格好良さがある。

はふうっ。剣を携《たずさ》えるギルさん、素敵。

あ、そうだ。ルーの実。

「きゅきゅー！」

ギルさーん、ルーの実、もらいました－！

両前足で掴んだままだったルーの実を、ギルさんに見せる。

「あー、ラティのやつからもらったのか？」

「きゅ！」

私が差し出すルーの実を、ギルさんは親指と人差し指で摘《つま》む。

そして。

「ほら、チビ。あーん」

と、差し出してきた！

なっ！　あ、あーんですか！　まさかの、あーんですか、ギルさん！　いただきます。

「きゅむ！」

「美味《うま》いか」

「きゅっ」

甘いです！　色んな意味で甘いです！

目をキラキラさせている私の反応に、ギルさんは小さく笑う。

「よし、チビ。食事行くぞ」

「きゅっ」

ギルさんに抱っこされた私は、あまりの居心地の良さに、うっとりとする。

何かをすっかり忘れている気がするが、まあ、いいか！

ギルさん、ギルさんー！

幸せ！

朝日の差すなかで見る野営地は、夜とは違い、健全なにぎやかさがある。

眠そうに、剣の手入れをする人。大鍋から、シチューだろうか、良い匂いのするスープを掬《すく》っている人。

なかには、積んだ木箱を簡易的なテーブルにして、腕相撲に興じる人たちも居る。朝から元気だなぁ。

「よお、ギル」

「おはようございます、ギルさん」

「ギル、村に帰ったら勝負しようぜ！」

すれ違う人たちが、ギルさんに声をかけていく。

ギルさん、人気者！

そして、ギルさんに抱っこされている私を、物珍しそうに見ていく人も多い。遠慮なく、撫でても良いのだよ！

「ギル！」

大柄な男の人が、一際《ひときわ》大きな声でギルさんを呼んだ。

「なんだ」

「団長が呼んでる。朝の食事一緒にしようってよ。そこのちっこいのもだ」

私も！

男の人の言葉に、ギルさんは少しだけ面倒くさそうに答える。

「あー……、わかった」

爺《じじい》と一緒だと、話長くなんだよなぁと、ぶつぶつ呟きながらも、了承するギルさん。

ときには、諦めも肝心ですよ！

「んじゃ、チビ。食事は、ガッドゥ爺《じい》とだな」

「きゅーー！」

わかりましたー！

それにしても、ギルさん。団長さんを爺呼ばわりして、大丈夫なのですかね。ちょっと、疑問。

団長さんの居るテントは、他のテントと同じだった。けれど、一つだけ違うのは、入り口に見張りみたいな人が立っていること。警護の人かな。団長さんだし、そういう人が居てもおかしくないのかも。

「よお、ガッドゥ爺居るかい」

ギルさんは、気安く入り口に立つ人に話しかける。

「ああ、居るぜ。入りな」

警護の人はテントの入り口を開け、ギルさんを促《うなが》す。

お邪魔します！

なかに入ると、ガッドゥさんが座って待っていた。

下に敷《し》かれたシートみたいなものの上には、湯気の立つスープやパン。それと、果物が器《うつわ》に入って置かれている。ご飯！

「まあ、座れ」

ギルさんは、美味《おい》しそうなご飯を挟んで、ガッドゥさんの前に座る。

私は抱っこされたままである。ふふーん。

だけど胡座《あぐら》をかいたギルさんは、私を交差する足の上に座らせた。抱っこ終了である。しょんぼり。

「……で、話があんだろ？」

ギルさんが、ブドウみたいに房になった果実を手に取りながら、ガッドゥさんに言う。

「まあ、な」

それだけ言って、ガッドゥさんはパンにかじりついた。

そして豪快に咀嚼《そしゃく》すると、ギルさんを見る。いや、私を見ている。

「そのチビだが、厄介事の匂いがしやがる」

鋭い視線に、身が竦《すく》んだ。

威圧感というのだろうか。

ガッドゥさんの存在感が増したような、そんな錯覚をしてしまう。

「……何が言いてぇ」

ふと、威圧感が収まった。

ギルさんだ。ギルさんが、腕で私をガッドゥさんの視線から庇《かば》ってくれたのだ。

ギルさん、すりすり。

ガッドゥさんは、低い声で話し出す。

「そいつは、野生じゃねぇ。本来ならば、遮竜殿《しゃりゅうでん》にいるはずの子竜だ」

「……」

ギルさん、無言だ。

遮竜殿。私は初めて聞く名前だけど、もしかしたらギルさんは知っているのかも。そういう意味での無言のように感じる。

「厳重に警護されてるはずの遮竜殿から遠く離れたこんな森んなかに、そいつは居る。それは、厄介事以外の何物でもねぇ」

そこで、ガッドゥさんは言葉を切り、再び口を開く。

「……拐《かどわ》かしにでも遭ったか」

「きゅっ」

真実を言い当てたガッドゥさんの言葉に、私は思わず反応してしまう。

「……そういうこった。ギル。お前、どうするつもりだ」

「……」

ギルさんは、無言のままだ。

私は、このときになってやっと思い至った。

自分が誘拐されたということと、そしてそれが、誰かに迷惑をかけることになるということに。

遮竜殿が、もしも、私の住んでいた竜舎のことならば、確かにあそこの守りは厳重であったと思う。そして私は、あそこでとても大切に扱われていた。

そこから連れ出されたというのは――

どうして私を誘拐したのかは未だにわからないけど、あの竜舎から誘拐という大それたことをしたのだ。相手も、相当の覚悟を持っていたに違いない。

私は、そんな相手から逃げ出した。

誘拐犯は、私のことを何をしても再び捕まえようとするかもしれない。

そう。周りに居る誰かを傷つけることも、厭《いと》わないかもしれない。

「きゅ……」

確かに、私は厄介事だ。

ガッドゥさんのような、たくさんの人を率いる立場の人にしてみれば、この上ないほど迷惑な存在だろう。

ギルさんにしてみても……迷惑、かもしれない……

私は、怖くなった。

誰かに負担をかける存在になることが、怖い。

どうしよう。ギルさんとは離れたくない。でも、迷惑もかけたくない。

そんな、様々な感情がぐるぐると渦巻く私の耳に、ギルさんの声が飛び込んできた。

「それが、どうした」

平然とした口調だ。

「チビは、俺が拾ったんだ。俺に責任がある。危険だってんなら、俺が団を出てもいい」

ギルさんの手が、私の頭を撫でる。温かい。

「竜を拾うと決めた時点で、俺は覚悟を決めたんだ」

「ギル」

私はギルさんの言葉が嬉しくて、泣きそうだった。

ありがとう、ギルさん！　私もギルさんに危険が迫ったら、逃げずに戦う。そう、誓った。

「ぶあっはっはっは！」

ところが、私のシリアスな決意をふきとばす勢いで、ガッドゥさんが笑い声を上げる。

膝をばんばん叩き、ひーひーと苦しそうだ。

「夢破れた男が、再び出会ったか！」

「それは、関係ねぇ！」

ガッドゥさんの言葉に、ギルさんが怒鳴《どな》る。非常に不本意そうだ。

その声で、ガッドゥさんは笑いを止め、真剣な表情になる。

「……ギルの覚悟はわかった」

「ガッドゥ爺《じい》……」

ギルさんも、ガッドゥさんと同じく表情を引き締めた。

「おい、お前さんはどーする」

「きゅっ」

突然話を振られ、私はピクリと体を震わす。どうするとは、どういう意味なのか。

「助けて欲しいか」

ガッドゥさんの言葉は、ゆっくりと私の体に染み込んでいく。

助けて、欲しいか。

それは、決まってる。でも、良いのだろうか。

縋《すが》っても。支えてもらっても。

私は、厄介な存在だ。

それは、ガッドゥさんの今までの言葉で嫌というほどわかった。

脳裏《のうり》に甦《よみがえ》るのは、ファナさんの姿。

最後に見たとき、泣いていた。私が今まで一番頼りにしていたのは、彼女だ。その彼女は、泣きながら私の誘拐に手を貸した。

私の存在があったから、泣かせてしまったのだろうか。私のせいで、ファナさんは泣いたのだろうか。

思考は、深く沈んでいく。私は、どうするべきなのだろう。私は、助けてもらってもいい存在なのだろうか。

暗く、どこまでも沈んでいく思考――

「大丈夫だ、俺が居る」

ギルさんの声に、はっとした。

ギルさんが、そばに居る。そうだ、ギルさんが居るのだ！

何を怖がる必要があるのだろう。こんなに大きく力強い存在が、私を守ると言ってくれたのだ。

ギルさんの存在を強く認識すると、私の体に力強い思いが巡っていった。

私はガッドゥさんを見た。ガッドゥさんもまた、私を見ている。

再度、ガッドゥさんは問う。

「助けて欲しいか」

「きゅー！」

助けてください！

私は、全身で訴えるように鳴いた。ガッドゥさんは、満足そうに頷く。

「助けてもらうにも、覚悟はいるもんだ」

ガッドゥさんは、水の入った木の器《うつわ》を掲げる。

「お前らの覚悟、受け取った！」

そう言うと、ぐいっと水を飲み干した。

「ガッドゥ爺《じい》……いや、団長」

ギルさんは、ガッドゥさんの呼び方を改め、そして頭を下げる。

「ありがとうございます」

「ああ、任せろ。このガッドゥ傭兵団《ようへいだん》も、チビを守ってやるよ」

ガッドゥさんは、ギルさんの、いや私の覚悟を試したのだろう。

そして、覚悟を受け止めてくれた。

私は、人という字は、人が支え合っているのだという、日本の知識を思い出す。

「きゅー！」

ありがとうございます！


この後、私たちは朝食をともにした。

その場で、ギルさんがガッドゥ傭兵団がどんな仕事をしているのかを教えてくれた。

普段の彼らは、〝深き森に根づく村〟と呼ばれる集落の警護をしているらしい。戦《いくさ》から戦を渡り歩いたりはしないと聞き、ほっとする。

今回、私が拾われた森が、その〝深き森〟だそうな。

この森の入り口近くに集落があり、ギルさんたちはそこの警護をしつつ、村人と一緒に畑を耕したりもしているんだって。平和そうでよかった。

あのときギルさんが森のなかに居たのは、最近森の様子がおかしいので調査に来たということだ。

「この森も、村に恵みを与えてくれる大事な場所だ。何かあっちゃ、大変だからな」

ガッドゥさん、村を大事に思っているようだ。

ギルさんも頷く。

「チビ、俺たちは明日ぐらいには、村に帰る。お前も一緒だ」

「村に帰りゃ、遮竜殿《しゃりゅうでん》と連絡を取れるはずだからな」

「きゅー！」

わかりました！

こうして私は、ガッドゥ傭兵団のお世話になることが決まりました。

◆　◆　◆

再び朝である。
朝がきたのである。
私は、またもやギルさんの腕のなかで、お目覚めである。
叫んでも、いいですか。
ギルさんの腕のなか、あったかーい！
同衾《どうきん》二日目。これって、既成事実でいいですか、ギルさん！
あんまり甘やかしてくれるので、調子に乗ってしまいますよ。
「んー……、チビ。もう少し寝てろよ」
寝ぼけたギルさんが、私を引き寄せてくる。密着度アップ！
……嬉しいけど、これ以上は私の心臓が持たないのである。
ギルさーん、起ーきーてー！
私の、両前足てしてし攻撃で、ギルさんは起きました。

もう少し寝ていたかったのか、ちょっと不服そうな顔で私を見ている。

「……ねみぃ」

「きゅー」

謝りませんよーう！　乙女心を理解しないギルさんが悪いのです！

ギルさんは、寝乱れた服を直し始める。纏《まと》めていない髪が、ぱらぱらと何本か顔にかかった。うむ、色気に溢れている。

まだ、十代なのに！

そう……ギルさん、やっぱり十代だったのだ！　昨日の朝食の場で、団長呼びからまた爺《じじい》呼びにギルさんが戻しちゃったときに、ガッドゥさんが眉をひそめて、

『お前は、まだ十代の若造のクセして、生意気だよなぁ』

と、呆れてたから！

はふうっ、十代でこの落ち着きよう。ますます好きになっちゃって、困るなぁ！

「きゅう、きゅうきゅう～」

私ははしゃぎながら、ギルさんの足元をちょろちょろ動き回る。

「おい、チビ。危ねぇだろ」

「きゅきゅー」

危なくないですよーう！

ギルさん、ギルさーん。

立ち上がり髪を結い上げながら、ギルさんは長い足を器用に使い、私をささっと避けていく。

バンダナで髪の毛を包み込んで、結び終了！

マントを羽織ると、テントの片隅《かたすみ》にある荷物を手に取るギルさん。テントの外からは、傭兵団《ようへいだん》の皆さんの声がひっきりなしに聞こえてくる。

「おーい、ギル！　起きてんなら、早く出て来いよ！　テント片づけっから！」

「ああ、もう出る！」

ギルさんはそう言うと、私に手招きする。

「ほら、チビ」

「きゅー！」

私は、差し出されたギルさんの右腕に飛びつく。すりすり。すりすりー。

「じゃあ、行くか」

「きゅー！」

私たち、今日村に帰るのですよね！

どんなところなのかなぁ。わくわく。

テントを出ると、たくさんの荷物と、それを積んだ台車が見えた。引き揚げ作業中のようだ。

そのなかで、何箱もの木箱を重ねて持ちながらも悠々と歩く、細身の青年を見つけた。

ジャックさんだ。

彼は長い前髪を揺らし、鼻歌を歌っている。

「ん、あれ？　ギルさんと、竜くんじゃないですか」

私たちに気がついたジャックさんは、近くの台車に木箱を置くと片手を上げた。

「よお、ジャック」

「きゅー！」

ジャックさん、おはようございます！

私は、愛想良く挨拶《あいさつ》する。点数稼ぎ、させてもらいますよ。

「いいっすね、中隊長さんは。手伝い免除ですもんね」

「まあ、そう言うな。俺だって、平《ひら》団員のときはこき使われてただろーが」

「平の期間、短かった気がしますけど」

僕たち同時入団だったのになぁと、ボヤくジャックさん。

ギルさん、中隊長⁉　凄《すご》いです、その若さで！

はふぅっ、どんどん胸が高鳴っていきますよーう！

「あ、そーだ。ギルさん、朝の食事配ってるんで、取りに行ってくださいよ。今行かないと、すぐ片づけられちまいますから」

「ああ、わかった」

「きゅー！」

ご飯ー！

私とギルさんは、ジャックさんと別れて、ご飯を取りに行きました！

お腹、ぺっこぺこー。

「きゅっきゅむ」

「そうか、美味《うま》いか」

「きゅー」

「はっ、止めろよチビ。俺の指まで舐めんなって」

「きゅきゅきゅー」

「だから、くすぐってぇよ」

きゃっきゃっ。

と、さっきからイチャイチャしながら、朝ご飯中の私とギルさんである。

ルーの実。おーいしーい。

近くを通りかかったガッドゥさんが、呆れたように私たちを見ている。隣には、地図のような紙を広げているラティくんも居た。ラティくんは、私たちを微笑ましそうに見ている。

「仲が良いですね」

「仲が良いって……良いのかねぇ」

ガッドゥさんは、歯切れ悪く呟くと、ギルさんの肩に右手をぽんと置く。

「ギルよぉ……」

「なんだよ、ガッドゥ爺《じい》」

ガッドゥさんは、非常に言いにくそうに、ギルさんを見ている。

「お前、そんなにチビに構い倒すと、後悔するぞ」

「はぁ？」

怪訝《けげん》そうな顔をするギルさんに、ガッドゥさんはため息をつく。

「チビの性別知って、後悔するなよ」

そう言って去っていくガッドゥさん。

「……どういう意味だ？」

「きゅー？」

私の性別に何か問題でもあるのですかね？

私とギルさんは顔を見合わせ、首を傾《かし》げたのだった。

それからしばらくして、傭兵団《ようへいだん》は森のなかを移動し始めた。何台もの荷車を数人がかりで引いていく。ガラガラという車輪の音が、森に響いている。

向かう先は、〝深き森に根づく村〟だ。

私はギルさんの肩にぶら下がっている。ふふーん。

誘拐されて逃げ出したときはひとりぼっちで怖かった森だけど、ギルさんが居てくれるだけで、すべてが輝いて見える。

それに、転生して初めての、人間の集落だ。竜舎のなかしか知らない私は、人々がどんな暮らしをしているのかまったく知らないのだ。だから今日訪れる村で人々の生活を知るのを、楽しみにしていた。ドキドキわくわくである。

朝に出発して、途中川で休息したりして、村が見えてきたのは夕方近くだった。

茜色《あかね》に染まった村は、牧歌的で穏やかな雰囲気に包まれている。

小さな子どもたちが傭兵団の帰還に気づき、わっと歓声を上げた。

「だんちょーたちだー！」

「おかえりなさい！」

「お父さーん！」

群がるように集まる子どもたちを、何人かの団員が抱き上げる。親子かもしれない。

「元気にしてたか！」

「うん！　文字おぼえたー！」

「そうかぁ、偉いなぁ」

和《なご》む会話である。

村の大人も、そんな子どもたちの声に気づき、集まってくる。

「団長さん、お帰りなさい」

「皆さん、お疲れ様」

「おうい、お前ら。一杯やろうぜ！」

にぎやかに出迎えられ、私もなんだかほっこりした。

したけれど——何故《なぜ》かギルさんのマントのなかに隠されてしまった。

「きゅ……」

「しっ、チビ。隠れてろ。見られたら、騒ぎになるだろ」

ギルさんの言葉に納得した私は、大人しくマントに包まれる。

村のなかに突然竜が現れたら、びっくりさせちゃうもんね！

マントのなかでギルさんに密着していると、一際《ひときわ》にぎやかな声がした。

「あっ、ギルー！　帰ってたんだぁ」

若い、女の子の声だ。

私のなかの何かが、ビンビンに反応する。彼女、ギルさんに好意を持っているのか！

くそう、マントのなかじゃ真っ暗で、状況がわからん！

けしからん！

「……」

「もーう、ギルったら！　ねー、ただいまのキスはー？」

た、ただいまのキスだとう!?

「………知らん」

ギルさんの素っ気ない声。

よ、よし！　ギルさんは、そんじょそこらの浮ついた男とは違うよね！

でも、ギルさん、なんか早足になってません？

「えー？　ギルぅ、待ってよー！　キスぐらい良いじゃない？」

マントのなかで、ギルさんは私に手を伸ばし、私の前足をギュッと握る。心なしか、震えている気がする。

「知らん、俺に構うな」

早足の速度が、ぐんぐん上がる。

なのに、女の子の気配もまったく遠くならない。え、地味に怖い。

「私、ギルのこと好きなの！」

女の子がしゃべる度に、速まる速度。握る力が増す手。ギルさんの震えも、止まらない。

「俺に、構うな！」

バタッと、勢い良く何かを開ける音がし、次にバタンと勢い良く閉める音が続く。

どこかの家に入ったようだ。

ズルリとマントがずれ、クリアになる視界。見えるのは、質素で温かみのある家具たちだ。

マントがずれたのは、ギルさんがドアを背にして、ずるずるとへたり込んだかららしい。

両手で顔を覆うギルさん。

そしてドアの向こうから聞こえる、女の子の声。

「もー、ギルったら本当に可愛《かわい》いんだからー！　からかい甲斐が有りすぎるわよ！」

えっと、何というか、その。

顔を覆った手の向こうから、ギルさんのくぐもった声がする。

「……女って、怖いな」

まったくですね、ギルさん。


私、一つ気づいたことがあります。

多分、ギルさんって女の人のこと、凄《すご》く苦手なのだと思います。

……私の恋、大丈夫なのかなぁ。

第四章　村での生活と異変

ギルさんが逃げ込んだ先は、ギルさんの自宅だった。

こぢんまりとした造りは、日本人の感覚として、とても落ち着くものがある。

入って直《す》ぐのところに、台所とテーブル。椅子は二脚。

奥のドアの先が、寝室なのだろうか。

ギルさんはマントを脱ぐと、私を片手に抱えドアを開く。

やはり寝室だった。

ただ、おかしなことに左右の壁にベッドが一つずつあり、クローゼットも二つある。

他に誰かと住んでるのだろうか。

はっ！　まさか、女性……は、ないか。さっきのギルさんの様子を見る限りじゃ、女性と二人暮らしはなさそうだ。良かった、良かった。

ギルさんは右側にあるクローゼットへ向かうと、なかを開けた。

そこから、黒いシャツと、青色のズボンを出す。

「チビ。こっち側が俺たちの使って良い空間だ。あっちはジャックの場所だからな」

と、シャツを脱ぎながら、ギルさんは説明してくれる。ほほう、ジャックさんと共同生活ですか。

……て、シャツを脱ぎながら？

……いやー!! ギルさん、上半身、裸ー！ 腹筋割れてますね、鍛えてらっしゃる！

って、ちっがーう！ ギルさん、乙女がここに居るのですよーう。きゃー！

私は慌てて目を両前足で隠し、丸くなる。見てない。私、見てない。

「なんだ、チビ。眠くなったのか。もう、夜になるしな」

ガチャガチャと、ベルトを外す音とともに聞こえるギルさんの声。

下も脱いでるのですか！

は、破廉恥《はれんち》！ ギルさんの破廉恥！

「きゅ、きゅきゅ……」

ギルさん、絶対私を異性だと認識してない。

くすん。

乙女心は、ズタボロですよ。

ていうか、早く着替え終わってください！

地獄のようなギルさんのお着替えタイムが終わり、私はぐったりとギルさんのベッドに横になっている。

ギルさんは居ない。

傭兵団《ようへいだん》の、今回の任務の報告会とやらに参加している。

私をひとりにしても良いのかといえば、良いらしい。

深き森に根づく村って、特殊な守りが施《ほどこ》されているらしく、外部からの侵入は難しいのだって！

とはいえ私を誘拐した相手は、相当の手練《てだ》れである。襲撃される可能性も捨てきれないので、ギルさんはできるだけ早く帰ると言って、出かけていった。

ギルさんって、もしかしなくとも、私には物凄《ものすご》く甘いし、優しい。きゃっ！

でも、デリカシーには欠けるけど……！

とまあ、今はひとりでお留守番なのだ。

「きゅー」

ひとりって、やっぱり寂しいな。

ふと思い出すのは、青いのや赤いのを始めとした子竜たちのことだ。

皆と居たときは、寂しいなんて思う暇はなかった。毎日、にぎやかで楽しくて。

私の知識にある鬼ごっこや、おままごとを教えて、皆でやったりして過ごしていた。

同じ部屋に住んでいたときからまだ数ヶ月しか経ってないのに、凄《すご》く懐かしく感じる。

皆、今頃どうしてるかなぁ。

心配、かけてるよね。青いの泣いたりして、パートナーのジョルジュくんに迷惑かけてないといいけど。赤いのは、ナッツくんとにぎやかにやってそうだ。

「きゅ……」

私の誘拐騒ぎって、どうなっているのだろう。大問題になっているはず。

警備の問題やらで、処罰される人も出ているかもしれない。罪悪感がわいてくる。衛兵さんたち、大丈夫かなぁ。

……ファナさん。どうしているだろう。

誘拐に手を貸したことが、バレてしまっただろうか。それとも、今までのように普通に生活しているのだろうか。

……多分、ずっと自分を責めている気がする。

「きゅう……」

ガッドゥさんたちが、遮竜殿《しゃりゅうでん》――おそらくは私たち子竜が居たであろう竜舎と連絡を取ってくれたら、私は帰ることになる。

帰りたい、とは思う。だけどそのとき、私はどんな顔をしてファナさんに会えばいいのだろう。

ファナさんは、どんな表情で私を迎えるのだろうか。

私は鬱々《うつうつ》とした気分で、丸くなる。

「きゅー……」

ギルさん、早く帰ってきて……

ひとりで居ると、悪いことばかりが思い浮かんでしまう。

しょんぼりと沈んでいると、だんだん気分まで悪くなってきた。

胸の真んなかあたりが、ぐるぐると回るような気持ち悪さだ。

病《やまい》は気からとも言う。

あまりにも悪いことばかり考えてしまったから、体調も悪くなってきたに違いない。

陽が沈み、あたりも薄暗くなってきた。ギルさんが帰ってくるまで、一眠りしておこう。

私はゆっくりと、まぶたを閉じた。

◆
◆
◆

こぽっ、と泡が上がっていく。それは揺れる天井へと吸い込まれ、波紋を作る。

いつもの、夢だ。

ただ、今回は少しばかり違った。

市松《いちまつ》模様の床がないのである。

床の代わりに、ゆらゆらと揺れる水が、何処《どこ》までも広がっている。水は、私の足首のあたりまであった。

私は、足首まで水に浸《つ》かりながら、水の上に浮かぶソファーに腰かけている。

足を揺らすと、バシャバシャと水が揺れる。夢だからだろうか。水に、温度を感じない。温かくもなければ、冷たくもない。不思議な感触だ。

さらに不思議なことに、水に浸かっていると、胸のあたりの気持ち悪さが消えていくのだ。

心地よくて、私はうっとりと目を閉じる。

なんて、気持ちいいのだろうか。

ふと、思う。

足首だけでこれだけ気分が良くなるのだから、全身に浴びたらもっといいのではないか、と。

私は、そろりとソファーから身を起こす。

水深がどれほどなのかわからないから、ゆっくりとした動作になるのが、もどかしい。

そっと、覗き込むと、ぱしゃりと何かが水面《みなも》を揺らした。

髪の毛だ。私の髪の毛が、肩から流れるように落ちたのだ。

その水面に広がる髪の色を見て、驚いた。

ピンクだ。透明感のあるベビーピンクが、私の髪の色。それに驚き、そして、納得する。奇妙な感覚だが、初めて見るこの色を、私は私のだと認識したのだ。

この、癖のない真《ま》っ直《す》ぐな髪は、私のものだ。

そして――

揺れの収まった水面に映る少女を見て、私は息を止めた。

長い睫毛《まつげ》が顔に影を作り、儚《はかな》げな風情《ふぜい》を作り出している。瞳を覆うまぶたは、二重《ふたえ》だけれど眠たげに見える。

小さな桃色の唇に、すっと通った鼻は――そうだ、兄ちゃんに似ている。

水面《みなも》に映る少女は、どこか兄ちゃんに似ているのだ。

再び呼吸を繰り返し、私は思う。

水面に映る少女は、私なのだと。

納得し、すっきりした私は、そのまま水面に身を投じた。

ぶわりと、浮かんでいく泡を見ながら、私の唇は弧を描く。

この姿は、いい。

この姿なら、ギルさんを攻めていける。

夢のなかの私は、ニヤリと笑った。気分の悪さはすっかりなくなっていた。


「きゅふっきゅっ」

自分の笑い声で、目が覚めた。

あらイヤだ、恥ずかしい。ギ、ギルさん、帰ってきてないよね！

慌てて周りを見回すけど、ギルさんの気配はない。

よ、良かった、笑い声聞かれなくって！　あー、焦ったよ。まったく、寝てる最中に笑うなんて、どんな夢見てたの私！

――思い出せない。

なんか、良い夢だったのはわかるのだけど。

まあ、いいか。

あ、気持ち悪いのも消えてる！

やっぱり、眠って良かったんだね。すっきり！

と、ひとりではしゃいでいたら、外から話し声が聞こえてきた。

ギルさんとジャックさんだ！

「チビ、帰ったぜ」

「竜くん、ただいまー」

二人の声に、私はドアが開いたままだった寝室から飛び出した。

「きゅー！」

お帰りなさい！

私は一目散にギルさんに飛びつこうとして、踏みとどまる。

「お、チビ。どうした？」

ギルさんが、怪訝《けげん》そうに聞いてくる。ジャックさんも、不思議そうに私を見ている。

「あれー？　ギルさん見たら、喜んで抱きつくかと思ったんですけどね」

あ、はい。そうですね。そのつもり、でした。

いや、でも。なんか。

「おい、チビ？」

「きゅっ」

ギルさんが、手を伸ばしてきて、私は固まる。

はうぅ！　なんか、あの。

ギルさんに、抱きつきたいのに、無理です！

だって、何故《なぜ》か、今のギルさん！

いつも以上に、魅力的に見えるのですよーう！　む、胸の高鳴りが激しいです！

あ、あれ？

眠る前までは、もう少しマシだった気がするのですが。

い、今は無理ですー。恥ずかしい！

「きゅー！」

「あっ、竜くん逃げた！」

「あ、おい！」

ううっ、ギルさん、ごめんなさい！　恋する乙女は、複雑なのです！

「……ギルさん、嫌われました？」

ち、違います！

と、否定したい私だけど、わき上がる羞恥心《しゅうちしん》に、ベッドのシーツに丸くなるので必死だ。

うう、大丈夫だ。今のギルさんの魅力に慣れれば、きっとまた甘えられる！

くう、落ち着け、胸の高鳴り！

結局、何とかギルさんに近づけるようになったのは、一時間ほど後のことだった。

ようやくギルさんの魅力に慣れた私は、ベッドの上から降りる。

「きゅうきゅうきゅ！」

ギルさん、ギルさん、ギルさーん！

ギルさんの胸に飛び込み、すりすりする私を、ギルさんは呆れたように見ている。

「いきなり素っ気なくなったかと思えばなついてきて、何なんだよお前……」

だって、仕方がないじゃないですかー！

今だって、凄《すご》く胸がドキドキしているのを、何とか耐えて甘えてるのです！

「まあ、いいじゃないですか。嫌われたわけじゃなかったんですし」

とは、台所で夕飯の用意をしているジャックさんだ。

シンプルな白いエプロン姿が眩《まぶ》しい。

「まあ、そうだけどよ……」

お前、気まぐれ過ぎんだろと、ギルさんに頭をぐりぐりされる私。

痛い！　ギルさんの愛が、痛い！　変な道開きそう！

「はいはい、仲が良いのはわかったんでー、そろそろお皿の用意お願いしますよ」

「おう、わかった」

ギルさんは、私を引き剥《は》がしテーブルに置くと、食器棚へ向かう。

……なんか、ギルさんとジャックさん夫婦みたい。

はっ！　まさか、最大の恋敵《こいがたき》はジャックさん!?

「きゅっきゅきゅきゅきゅー！」

ジャックさん、負けないぞー！

「ギルさーん。竜くんが、僕を睨《にら》んできますー」

「気にすんな。腹減って、気が立ってんだろ」

ギルさん、ひどい！

まあ、お腹は減ってますけど！　ぐう。

「おい、チビ。直《す》ぐに用意するから大人しくしてろ」

「きゅー」

結局、食欲に負けた私は、ギルさんとジャックさんとともに和《なご》やかに食事を頂いた。

私が静かにしているのは、明日私のことを遮竜殿《しゃりゅうでん》に伝えに行く人が旅立つと聞いたせいもある。

遮竜殿からのお迎えが来たら、ギルさんやジャックさんと会えなくなるかもしれない。

そう思うと寂しくて、変にはしゃぐ気にならなかったのだ。

……ギルさんと離れるの、嫌だ。

その日の夜は、私からギルさんに引っついて眠った。

翌朝のことである。

私たちは、勢い良く叩かれるドアの音で、目が覚めた。

「うるせぇ……」

不機嫌そうなギルさんの声。思ったのですが、ギルさん朝に弱いですよね。低血圧ですか？

「何か、あったんですかねぇ」

ギルさんよりは朝に強いらしいジャックさんがベッドから降りて、ドアへ向かう。

好奇心に負けた私は、ジャックさんについて行った。

「おーい、ギル！　ジャック！　起きてくれ！」

「はいはーい、起きてますよー」

ジャックさんは、鍵代わりの閂《かんぬき》を外し、ドアを開ける。ドアの外には、いつだったかギルさんを呼びに来た大柄な男の人が立っていた。

「こんな朝早くから、どうかしたんですか」

「大変なことが起きた」

男の人は、緊迫した様子だ。

「何があったんです？」

ジャックさんも真剣な声音で言う。

「土砂崩れで、グラヴァイルへの道が塞《ふさ》がれた」

「はあ!?」

「とにかく、まだ状況がわからん。お前さん、ギルを連れて団長のとこに行ってくれ。俺は他にも伝えにゃならん」

男の人は、慌てた様子で走り去る。

開けられたドアの外では、村の人が何人か集まって不安そうにしていた。

これは大変だ！

「ちょっ、ギルさーん！　寝ぼけてないで、さっさと起きてくださいよ！」

ジャックさんが、再び夢の世界に旅立とうとするギルさんを揺り起こす。

「きゅー！」

私もお手伝いで、ギルさんのほっぺをぺちぺち叩いた。

……グラヴァイルって、何だろう。


「お前ら、もう知ってるかと思うが、大変なことになった」

ガッドゥさんは村の広場みたいな場所に居た。広場には傭兵団《ようへいだん》の人たちが集まっていて、物々しい雰囲気だ。

私は、ギルさんの腕のなかでじっとしていた。緊張しているのである。

ガッドゥさんは、皆を見渡して言う。

「俺のところには、第一報しかきていない。実際の被害は、まあこれから確認に行くってえとこだな」

ガッドゥさんは、心底困ったように盛大にため息をつく。

「とりあえず、今から呼ぶやつらは俺と来い。残りは、村の安全確保だ。いいな！」

「おおー！」

野太い声が上がる。

ギルさんとジャックさんは名前を呼ばれなかったので、待機組となった。

二人は解散となった後も広場に残り、何やら話し込んでいる。

ジャックさんの表情はわからないけれど、ギルさんは眉間に皺《しわ》を寄せている。

「……まずいことになったな」

「そうですね。唯一の外部への道が塞《ふさ》がるとは……」

「きゅー？」

首を傾《かし》げる私に、ギルさんはため息をつく。

「チビ。お前にとっちゃ、最悪の事態なんだよ」

「グラヴァイルって、うちの村と行き来できる唯一の街なんですよ、竜くん」

「きゅ……っ!?」

私、びっくり。

グラヴァイルって、街の名前だったんだ。でもって土砂が崩れてそこへの道が塞がったってことは。

「ガッドゥ爺《じい》は、グラヴァイルにある王の盾《たて》騎士団の支部に連絡をやるつもりだったからなぁ」

「当のグラヴァイルに行けないんじゃあ、意味ないですよー」

て、ことは――

私、遮竜殿《しゃりゅうでん》に帰れなくなったの!?

「きゅ、きゅー！」

え、困りますよ！

そりゃ、ギルさんと離れるのは嫌ですけど！

でも。この村に居続けたら、私のせいで村に迷惑がかかるかもしれないのだ。いつ来るかわからない誘拐犯の脅威に、この村を晒《さら》し続けることになるのだから。

いくら助けてもらう覚悟ができても、その期間が無期限になると話が違ってくる。

私の覚悟も変わってしまう。

ど、どうしよう！

そうだ！　森だ！

私は、森のなかからこの村にやって来たのだ。ならば、逆もあり得る。森から、どこか外へ行けばいいのだ！

私はギルさんに必死に訴えた。

村から見える森を、前足で指し示す。

「ん、森か？」

「きゅー！」

伝わった！

私はこくこくと、何度も頷いた。

そうです、森です！

しかし、私の希望はあっさりと打ち砕かれた。

「そりゃ、無理ですよ。竜くん」

「きゅっ？」

え、何でですか？

ジャックさんとギルさんは、困ったように顔を見合わせる。

「あのな、チビ。あの森は、四年前にあった戦争に使われた魔法が原因でなぁ」

「入るのは、簡単だけど。出るのは、この村の入り口以外不可能になった、迷いの森なんですよー」

「きゅー！」

な、なんとー!?

結局、希望を打ち砕かれた私は、ギルさんとジャックさんに慰《なぐさ》めてもらった。

本当に、ご迷惑おかけします。

◆　◆　◆

私は、走る。ひたすら走り抜ける。

後ろなんか、見てる暇はない。追いかけてくる者たちのことなぞ、知るものか！　逃げる！　逃げ切ってやる！　私には、大事な使命があるのだ！

だから――

だから、追いかけてこないでくださーい！

「まってよー！」

「いっしょに、あそぼー！」

いや、本当に勘弁してください、村の子どもたちよ！

「きゅー！」

私は、忙しいの！　ジャックさんに頼まれた、昼食用の野菜をもらってくるという用事をすませなくちゃいけないの！

口にくわえた袋が見えないのかい!?

私は、村のなかをひた走る。野菜をくれる、宿屋兼村長さんのお家を目指して!

「きゅきゅー!」

前方からも来る子どもたちの間を、私は華麗にくぐり抜ける。

「あー! まってー!」

「りゅうちゃーん」

無理ー!

おおっ、村のなかで一番大きい建物が見えてきた!

ゴールは、すぐそこ!

宿屋の前には、村長さんの娘さんが両手を広げて待ってくれている。

さあ、行け、跳ぶのだ!

「きゅーーーー!」

娘さんの胸にダイブ!

「はい、お疲れ様」

うう、労《ねぎら》ってくれる娘さん、優しい。

「あー! 姉ちゃんずるいー」

「わたしも、抱っこしたいのー！」

ようやっと追いついて来た子どもたちが、娘さんに文句を言う。

娘さんは、ちょっと怒ったような表情を作ると、子どもたちを見下ろした。

「この子は、お仕事中！　あんたたち、家の手伝いはどーしたのよ！　文字の勉強は！」

村には学校というものはなく、本格的な勉強はできないけど、文字の読み書きはお母さんから習うのだという。まあ、私も親竜の知識がなかったら、勉強嫌がってたかもしれないな。

「あ、あとで、やるもんー」

娘さんの勢いに負け、子どもたちは俯《うつむ》く。

「いいから、今からやってきな！　でないと、姉ちゃん怒るよ！」

「わ、わかったよー」

「……もう、怒ってるくせにぃ」

「何か言った!?」

子どもたちの小さな反抗は、怒れる娘さんの前には儚《はかな》いものだった。

わっと散らばって逃げていく子どもたち。

「……まったく、まだまだ子どもなんだから」

「きゅー……」

助かりました。本当に。

あの子たち、悪い子じゃないのだけど、ちょっとしつこくて困っていたのである。娘さん、感謝！

「ふふ、チビちゃんは今日は赤い頭巾《ずきん》なのね」

可愛《かわい》いわぁと、娘さんが頭巾越しに撫でてくれる。

そうなのだ！　今の私は赤い頭巾を被っている。しかも、フリフリのリボンつき！

因《ちな》みに、ジャックさんのお手製でもある。童話の赤ずきんちゃんみたいだ。

私は、娘さんの袖《そで》をくいと引っ張り、頭巾に縫いつけてあるメモ代わりの布を見せる。

「あ、そうだったわね。ふふ、お使いご苦労様」

「きゅー！」

布には、今日必要な野菜が書かれている。自給自足が主な為か、通貨でのやり取りがこの村にはない。あるとしたら、物々交換か、労働での支払いだろうか。

「ジャックには、この間妹たちの洋服作ってもらっちゃったから、お野菜ちょっと奮発しちゃうわね」

「きゅきゅー！」

ありがとうございますー！

娘さんは、袋いっぱいに野菜を詰めてくれた。野菜たくさん！

「重いけど、大丈夫？」

「きゅ！」

平気！

と、私は軽々と袋を両前足で掴んでみせる。

これでも、竜だからね！

「ふふ、気をつけて帰るのよ」

「きゅっきゅー」

わかりました！

私は意気揚々《いきようよう》と、ギルさんとジャックさんのお家への帰路につくのだった。


グラヴァイルへの道が土砂崩れで埋まってから、早三日。

その間に、私は正式に傭兵団《ようへいだん》以外の村人に紹介された。

最初こそ驚いていた村人たちだったが、私が無害な子竜であるとわかった後は、さっきみたいに普通に接してもらえるようになった。

まあ、人目もはばからずギルさんといちゃついた結果ですけど！

子どもたちに追われることはしばしば有るけど、概《おおむ》ね平和に過ごしている。

前世人間の身としては、普通に接してもらえるのはありがたい。

この村には、そこかしこに傭兵団《ようへいだん》の団員が居て、村人たちの目も行き届いている。だから、こうしてひとりでも出歩けるのである。

念の為、小さな人間の子どもに見えるようにと、ジャックさんお手製の頭巾《ずきん》も被っている。擬態《ぎたい》ってやつだね！

今日の頭巾はフリルいっぱいなので、私はご機嫌である。

可愛《かわい》い服好き。

でも白い服はダメだ。白き乙女を思い出してしまうから。

ファナさん……

こんな風に、ふとした瞬間に、私はファナさんのことを思い出す。

ファナさん、どうしているのかな。また、泣いてないかなぁ。子竜仲間のことも心配だ。きっと皆不安がっているだろう。

「……きゅっ！」

私は、頭を横に振る。すると、ガサゴソと野菜の入った袋が揺れた。

そうだ。今の私は、お使い中なのだ。ジャックさんの役に立っているんだから！

頭を切り替えていこう！

私は、お使い中！　そして、恋する乙女だ！

鼻歌も歌っちゃうよ！　無理矢理にでも、楽しいことを考えなくちゃ！

そうだ。ギルさん、どうしてるかなぁ。

今の時間帯だと傭兵団の会議中だよね。何たって、中隊長さんだから！　将来有望株！

ふんふんふんと、心のなかをギルさんで一杯にした私は、行きとは違いスキップで歩く。余裕があるって、素敵！

「きゅきゅ、きゅ」

ふと果樹園の方を見てみると、見覚えのある緑の髪が目に入った。

ラティくんだ。

どうやら、収穫作業を手伝っているらしい。村の作業を行うのも傭兵団の仕事の一つだというから、ラティくんも立派な労働力だ。

私も、きちんとお使い果たしてるしね。役に立っているはず！

私は、気分良く果樹園を通り過ぎた。

ギルさんたちの家に到着！

私は、なかに居るであろうジャックさんにドアを開けてもらう為に、鳴き声を上げようと口を開く。

が、直《す》ぐに閉じた。

なかから、話し声が聞こえたのだ。

この声は……あ！　ギルさんだ！　帰ってきてたんだ！

「……どうやら、人為的なものらしい」

「例の土砂崩れが、ですか？」

聞こえた内容に、私は固まってしまう。

私はそっと、ドアに顔を寄せた。

「ガッドゥ爺《じい》の考えだとな。実際、大雨があったわけじゃねぇのに、いきなり起こったからな」

「……それ、竜くんには伝えない方が良さそうですね」

「ああ……」

ドクンと、鼓動が鳴る。

私に、聞かせない方がいい。

それの、意味するところは。

「恐らくは、だが……」

「竜くんを逃がさない為に、故意に起こされた、ですか」

「ああ」

私が聞くことができたのは、そこまでだ。

気がつけば、無我夢中で駆けていた。持っていた袋はない。途中で落としたのかもしれないが、今はそんなことを気にする余裕などなかった。

ただ、私は走り続け――

辿り着いた先は、果樹園だった。

ミルアが実った大樹に寄りかかり、うずくまる。

ドクドクと鼓動が速い。

「きゅ、きゅ……っ」

どうしよう。

まず、そう思う。

グラヴァイルへの、道。深き森に根づく村唯一の外部への道を、土砂が埋めてしまった。

それは、自然災害では、なく。

わ、私のせいで、起きたって……っ。

どうしよう。

傭兵団《ようへいだん》の人たちだけじゃない。村の人たちにも、迷惑をかけてしまったのだ。外部と連絡が取れない状況って、凄《すご》く大変だ。なのに、私のせいで。私が、私が、村に来ちゃったから！

「きゅっ、きゅふっ！」

ぽたぽたと、涙が零《こぼ》れていく。

泣く資格など、私にはない。わかってる。でも、止まらないのだ。

まだ、三日ほどしか滞在していない村。

だけど、村の皆は良い人ばかりで、私、たくさん甘えてばかりで。

なのに、私、迷惑……っ。

そうだよ、私はいつだって迷惑しかかけていない。ファナさんだって、私が居なければ誘拐に手を貸すことなんかなかったのだ。私は、なんて……

「きゅううぅ……っ」

涙は止まらない。

それなのに私、お使いができただけで、役に立ててるなんていい気になってた。

恥ずかしい。凄く、恥ずかしい。

もう、どうしたらいいのだろう。

地面ばかりを見つめていた私に、ふと、影が差す。

「どうして、泣いてるのかな」

ラティくんだった――


ラティくんは、私が落ち着くまで待ってくれた。

今は私を抱き上げて、大樹に寄りかかっている。

「……どう、もう涙は出なくなった？」

「きゅ……」

目のあたりはかさかさするけど、涙は止まった。

少し恥ずかしくて、私は俯《うつむ》く。泣いているところを見られるのは、気まずいし、何だか居たたまれないのだ。

身動き一つしない私に、ラティくんは話しかける。

「泣いていたのは、グラヴァイルのこと？」

「きゅ……っ！」

直球である。

私は、思わず呻《うめ》いてしまう。

「やっぱりな」

ラティくんがため息をついた。

それが、愛想を尽かされてしまったように感じられて、私の体はびくりと固まる。

「――自分なんか、居なければよかった」

ラティくんの、囁《ささや》くような声。

静かなトーンで自分の思いを言い当てられ、私は言葉に詰まる。

「皆の優しさに甘えてばかりで、でも、自分自身はその優しさに見合わない存在で」

ラティくんは、淡々と続けていく。

「落ちこぼれの厄介者」

ふと、引っかかる。

ラティくんは、誰のことを言っているのだろう。

私のこと？

いや、違う。恐る恐る見上げたラティくんは、私を見ていない。

ここではない何処《どこ》かを、探すような目で前を見ている。

「……今の君と、昔の僕は似てるね」

「きゅ？」

似ている？　ラティくんと私が？

ラティくんは、まだ少年って感じの年齢なのに、立派に傭兵団《ようへいだん》の団員をやってて、村の仕事も手伝ってて。

私なんかとは、全然違う。

一緒なんかじゃ、ない。

いや、でもラティくんは、昔の僕って言った――

私の困惑に気がついたのか、ラティくんは私に視線を移す。

そして、ふっと笑う。

「僕はね、迷惑な存在だと思ってたんだ。一族の邪魔にしかならないって」

ラティくんは、少しだけ声を震わせたけれど、それでも目は揺らいでいない。真っ直《ます》ぐに、私を見ている。

「ねえ、チビくん。迷惑だとか邪魔だとか思っているのは、自分自身なんだよ」

ラティくんの手が、私の頭を撫でる。

「自分で思ってしまったら、本当にそうなってしまう。だから僕は、一族を追放されてしまった」

自分でいらないと思ってしまったら、誰かに必要とされても気づかずに、結局はひとりになってしまうんだよ、とラティくんは続けた。

その言葉は、私の体にゆっくりと染み込み、広がっていく。

「……僕は、ギルさんに拾われてから、そのことに気がついた。僕は、いらない子じゃない。必要とされるひとりの人間だって」

ラティくんが今まで、どのように生きてきたのか。それを私は知らない。ただ、ラティくんの言葉には実感が込められているのはわかる。

ラティくんに、そう気づかせたのは、やはり――

「ギルさんや、チビくん。と、優しく撫でてくれるラティくん。

ねえ、チビくん。仲間のお陰で、僕は僕になれた」

「君も、もう傭兵団《ようへいだん》の仲間だよ。ひとりじゃない。困ったときには、助けてくれる存在が居るんだ。だから、ひとりきりで泣かなくていいんだよ」

ラティくんは、微笑む。その笑顔に、私の視界はまた潤《うる》み始める。

ひとりじゃない。

改めて言われると、なんて温かい言葉だろう。

私は、ひとりじゃない。そう言い切れる幸せが、私にあると言ってくれたのだ。

「きゅっきゅ……っ」

「うん、よしよし」

ラティくんに背を撫でられ、私はまた泣いた。

今度は、ひとりじゃない。それが嬉しい。

「あのね、チビくん。村の人たち、道が塞《ふさ》がったのに誰も騒がなかったでしょ。それはね、村に団長が居るからだよ」

私は泣きながら、ラティくんを見る。

「信頼っていうのかな。団長が居れば何とかなるって、思っちゃうんだよね」

それは、わかる気がした。

ガッドゥさんは、存在感があるというか、頼れるっていうのかな。

そういう安心感があるのだ。

「だから、僕らも不安を感じずに仕事をしていられるんだ。ねえ、チビくん。君にも居るはずだよ、そういう絶対的な存在が」

「きゅ……」

ラティくんに言われ、私はある人を思い浮かべる。

「だから、後はよろしくね」

と、ラティくんは前を見て、言った。

誰に言ってるのだろう。

私の疑問が伝わったのか、ラティくんは悪戯《いたずら》っぽく笑う。

「君が思い浮かべた相手がね、来たんだよ」

と、同時に聞こえる声。

「チビ……っ」

振り向けば、息を切らしたギルさんが居た。

ラティくんは、私をギルさんに託すと、仕事があるからとあっさり去っていってしまった。薄情である。

ギルさんはラティくんが居た場所に、入れ替わるように座り込み、私を抱える。

「チビ」

呼ばれ、私はビクつく。

さっき見たとき、ギルさんは肩で息をしていた。相当、探し回ってくれたのだと思う。

申し訳ないです。

私は、しょぼしょぼと肩を落として、ギルさんを見る。

ギルさんの顔に、怒りはなかった。代わりに、安堵感が溢れている。

「あっちこっち、探したぜ」

「きゅっ！」

ごめんなさい！

心配をかけてしまって、本当にごめんなさい！

そんな思いを込めて鳴く。

こうして、素直に謝れたのは、ラティくんのお陰だと思う。

私にとっての、信頼と安心を寄せられる絶対的な存在。

それは、ギルさんだ。

出会ってまだ間もない人。でも、そうなのだ。私の心は、どうしようもないほどにギルさんに寄り添ってしまっている。

そのことに気づかせてくれたのは、ラティくんだ。

ギルさんは、ふっと苦笑を浮かべた。

「お前、話聞いてたんだな」

「きゅ……」

「袋、落としただろ。凄《すご》い音がした。ジャックが、お前に頼んだものだって」

ああ、いつの間にか消えていた野菜の入った袋は、立ち聞きしたときに落としていたのか。

野菜、傷《いた》んでないといいな。

「焦った。村中探し回って、赤い頭巾《ずきん》がこっち行ったたって聞いて。そうしたらお前が居た」

無事で良かったと笑うギルさんに、私の緩くなった涙腺《るいせん》は、また涙を流しそうになる。

なんで、私、迷惑でいらない子だなんて思ったのだろう。

そんなの、こんなに心配してくれたギルさんに対して失礼だ。

私は、いらない子じゃない。

必要と、されてるのだ。

「チビ。土砂崩れのことは気にすんなよ」

「きゅっ」

気にするなと言われても、私のせいである可能性があるのだからそれは無理ですよ。

そんな思いが伝わったのか、ギルさんが説明してくれた。

グラヴァイルの土砂崩れは、確かに村にとってあまりよくない状況だという。

だけどグラヴァイルからは、月に一度行商人が来ていて、それがこの先七日以内にある予定だそうだ。だから、遅くても七日待てば、行商人の口から土砂崩れのことがグラヴァイルに居る騎士団支部に伝わるという。

「とりあえず、土砂崩れの件は何とかなるはずなんだ。だから、お前に余計な心配かけたくなくて、黙っていようと思ったんだけどな」

それが、逆にいけなかったんだなと、ギルさんは優しく私の頭を撫でる。安心させるように。

「すまなかった。あと、心配かけさせんな」

と、ちぐはぐなことを言ってギルさんは、優しく笑う。

あまりにも優しく笑うものだから、私はまた泣いた。

泣きながら、思う。

私、あなたがいいです。

あなた以外は、嫌です。

ギルさん、私の騎士になってください。

強く、思う。

もう、胸は痛まなかった。

◆ ◆ ◆

こぽり。泡が上へと上がっていく。

いつもの夢だ。

いつもの夢で、私はゆらゆらと揺れる水のなか、水面《みなも》を見つめていた。


ゆさゆさと、体を揺すられる感触で目が覚める。

私は、ギルさんのベッドの上に居た。

私を揺り起こしたのは、ジャックさんだ。

「竜くん、起きたー？　昼食できたんで、一緒に食べましょー」

「きゅふう……」

眠い目を瞬《また》かせ、私はこくりと頷く。

そうか。

ギルさんの腕で泣いて、私はそのまま眠ってしまったらしい。

そういえば、今はお昼の時間帯。お腹空いた。

「きゅっ、きゅっ！」

私はシーツを伝い、するすると床に降りるとジャックさんの足元に寄る。

「竜くん、喜んでくださいね。君の昼食はもぎたてミルアです」

「きゅーー！」

やったー！

嬉しくなった私は、勢い良く走り出す。寝室を抜ければ食卓は直《す》ぐだ。

「チビ、起きたか」

「きゅ！」

よく眠れました！

わだかまりの消えた私は、素直にギルさんにすり寄る。ギルさん、ギルさーん。

ギルさんは、野菜をたっぷり煮込んだシチューを皿によそっていた。人間としての意識がある私はシチューが気になるけど、だけど不思議と食べたいとは思わない。今は、果物の方が魅力的なのだ。

「チビ、危ねぇから離れてろよ」

「きゅー！」

はーい！

私は良い子にしてますよー！

ギルさんは、シチューを二人分用意すると、ジャックさんが持ってきたミルアの入った籠《かご》を受け取る。

「それじゃあ、ギルさん、竜くん。食べましょう」

「きゅーー！」

私は椅子に座ったギルさんの膝の上で、ミルアを頬張る。

あまーい。美味《おい》しーい！

「おい、チビ。ひとの膝の上で食い散らかすなよ」

「きゅむきゅむ」

お腹ぺこぺこの私は、ギルさんに叱られても、食べるのを続行するのである。

「ギルさんも、竜くんにかかりきりじゃなく、ちゃんと食べてくださいよー」

「あー、わかってるよ」

にぎやかに、私たちは昼食をともにした。

お昼は穏やかに過ぎたけれど——

事件は、それから少しして起きた。

ご飯の後片づけが終わったときだった。宿屋の娘さんが飛び込んで来たのは。

「ギル！　ジャック！　大変なの！」

叫んだ娘さんの顔色は、真っ青だった。

村の子どもたちが、深き森に入って戻ってこない。

その報《しら》せは、傭兵団《ようへいだん》に瞬《また》く間に駆け巡り、ガッドゥさん指揮の下、すぐさま探索隊が編成された。

深き森は、最近になって生息する獣《けもの》が凶暴化し、毒性の強い植物が急激に増えたことで、村人の立ち入りを禁止にしていたのだそうだ。

ギルさんと私が出会ったときも、異変の調査中だった。

そんな危険な森に、子どもたちが入り込んでしまったのだ。

私を追いかけていた子どもたちの何人かの姿が村から消えて、おかしいと思った娘さんは途中で出会ったラティくんとともに探し回ったという。

少しして、村の入り口で遊んでいた子たちから、男の子を中心とした数人が森に入って行ったと聞き、ラティくんが後を追い、娘さんは慌ててギルさんたちのもとに来たというわけだ。

子どもたちもだけど、ラティくんも心配だ。

「いいか、お前ら！　必ず組になって動け！　絶対に、ひとりにはなるなよ！　連絡も途切らせるな！」

広場には、集まった団員に檄《げき》を飛ばすガッドゥさんが居る。

これから、森に捜索に入るのだ。

今回は、迅速に行動し、早期に発見しなくてはならない。人手はあればあるほどいい。

そういうわけで、ギルさんやジャックさんも捜索に加わることになった。そして、私はギルさんから離れてはならないとガッドゥさんに厳命され、ギルさんに引っついて行くことになった。

私の動物的勘を期待しているのかもしれない。頑張らねば。

「よし！　行け！」

ガッドゥさんの号令が下り、傭兵団《ようへいだん》の波が動く。

次々と森のなかに消えていく姿を見て、自然と私も緊張してくる。

無意識に、抱えてくれているギルさんの服を握ってしまった。

「チビ、大丈夫だ。俺から、離れんなよ」

「きゅっ」

絶対、離れません！

森のなかは、暗かった。

まだ昼を少しばかり過ぎたころなのに、異常なほど薄暗く、そして静かだ。

おかしい。

数日前に滞在していたときは、もっと普通だった。鳥の鳴き声だってしてた。

私は、胸騒ぎを覚える。胸の真んなかあたりが、もやもやとする。

ギルさんが眉間に皺《しわ》を寄せた。

「おい、ジャック」

「わかってますよ」

ギルさんは腰にある剣に手をかけ、ジャックさんは懐《ふところ》から数本のナイフを取り出す。

森の異様さは、二人にも伝わっているのだろう。いつでも戦えるように、二人は態勢を整えている。

ふと、ちくんちくんと胸が痛む。

数日前、拒否反応が起きたときと同じ場所だ。

嫌な、痛み——それらは、一つの方向に向けて起きているようだ。

勘とも呼べる曖昧《あいまい》なものだけれど、でも、嫌だと感じる方角があるのだ。

「きゅ……っ」

「どうした、チビ」

私の怯《おび》えに気がついたギルさんが、訝《いぶか》しげに聞いてくる。

私は、嫌だと思う方角を、指し示す。

「……あっちに、何かあるのか？」

「確か、向こうには、泉があったはず」

ギルさんとジャックさんが、そう会話したときだった。

私の胸の痛みと、嫌な予感が膨《ふく》れ上がる。

私は咄嗟《とっさ》に、ギルさんの腕から飛び出す。

瞬間。

バチィッ！　という鋭い音が響き、私は吹っ飛ばされた。私が展開した守護壁と、森の奥から飛んできた何かが激突したのだ。

「チビ！」

「竜くん！」

二人に呼ばれ、私は転がった地面から立ち上がる。痛みはそれほどない。竜の体は、頑丈なのだ。

私は飛んできたものを前足で掴み、二人のもとに戻る。

「チビ、大丈夫か！」

すぐさま抱き上げてくれたギルさんに、私はすりすりする。痛くはないけど、怖かった。だから、心配されて嬉しい。

ジャックさんが、私の掴むものを見て、驚いたように声を上げる。

「黒い、種……？」

そう。飛んできたのは、小石ぐらいありそうな、黒色の向日葵《ひまわり》の種みたいな形をしている物体だったのだ。

やがて種はぶるぶると震え始め、パキッと音を立てて割れた。そして隙間から、ズルリと黒い触手のようなものが出てくる。

「チビ、捨てろ！」

ギルさんの鋭い声に、私は素直に従う。

地面に投げ捨てた種を、ギルさんが踏み潰した。

すると、種は悲鳴を上げた。

泣き叫ぶ赤子のような声だ。鳥肌が立つほど気味悪く響く。

「何ですか、これ！」

「知らん！」

耳を塞《ふさ》ぐジャックさんに、ギルさんが怒鳴《どな》り返す。

踏み潰された種は、黒い靄《もや》を発生させ、そして消えていった。

――あれは、凄《すご》くいけないものだ。

私は、そう直感した。

「……森で、何か起きてんのか」

「……でしょうね」

二人の会話は、私の上を通り過ぎていく。

胸の痛みは治まらない。ますます、ひどくなっていく。

痛みの意味はわからないけれど、理解できたことはある。子どもたちと、ラティくんは予想以上に危険な状況にあるのだと。

森の奥から風が吹き、そしてギルさんが呟いた。

血の臭いがする、と。

第五章　契約と戦い

「ジャック、お前は戻れ」

ギルさんは私を肩に乗せると、ジャックさんに向かってそう言った。

「ガッドゥ爺《じい》に、異変を伝えてくれ」

真剣な表情のギルさんに、ジャックさんも口元を引き締める。

「……大丈夫なんで？」

「……わからん」

今、森に起きてることを説明できるやつなんて、居やしないさ――

そう呟くギルさん。

私の胸は、まだ痛み続けている。

「だが、ガッドゥ爺への連絡は絶対だ。俺は、お前よりはこの森に詳しい」

何せ、毎夜ひとりで見回りしてたからな、と笑うギルさんだけど、その表情に余裕はない。

「頼んだぜ、ジャック」

「……絶対、死なないでくださいよ」

「当たり前だろーが」

固い表情のまま、それでも笑みを浮かべ続けるギルさんに、ジャックさんも笑顔になる。

「絶対、皆を連れて戻ってきますから」

「ああ」

二人は、片腕でタッチし合う。

そして、ギルさんは私を見る。

「チビは……」

「きゅうきゅきゅー！」

絶対ついていきます！

あなたは、私の絶対なのですー！

私は、ギルさんの言葉を待たずに、肩にしがみつく。

首を振り、一生懸命訴えた。嫌だ。置いて行かれるのは、嫌だ！

「……わかった」

ギルさんは、ため息をつく。

「連れて行く」

「いいんですか？」

「ああ、仕方ない」

ええ、絶対離れませんからね！

ジャックさんは、私を見た。

「竜くんも、無事で」

「きゅっ！」

ジャックさんの声音は、真剣だ。だから、私も真剣に頷く。

この先に、何が待つのかわからない。それでも、絶対ギルさんから離れない。

私なりの覚悟を決めて、頷いた。

ジャックさんは、振り返らず走り去る。

ギルさんと私は、ジャックさんを見送り、そして森の奥へ向き直った。

「行くぞ、チビ」

「きゅ！」

ギルさんは、森の奥へと歩き出した。

奥に進めば進むほど、嫌な臭いが濃くなっていく。

途中、何羽もの鳥の死骸《しがい》を見た。どれも血を流し、そして傷口が黒く変色していた。

私は吐き気を堪《こら》え、それらを見る。

「この臭い……大型の獣《けもの》も、やられてるのか？」

大型の獣、のあたりで、ギルさんは少し言いよどんだ。

考えたくない思いが、私の脳裏《のうり》をよぎる。子どもたちやラティくんは、無事だろうか。

むっと、さらに臭いが強くなる。何かが、近い。

じぐり、と私の胸が痛む。

「きゅ……っ」

「チビ、油断するなよ」

ギルさんは、足音を立てずに移動していく。私は緊張のあまり、息をするのも忘れそうになっていた。

耳が痛くなるほどの無音が続いたが、それは突然破られる。

悲鳴、それも幼い子どもの、だ！

「チビ、落ちんなよ！」

「きゅっ」

駆け出すギルさんの肩にしがみつき、振動に耐える。

悲鳴のした方角を、ギルさんは正確に捉えているようだ。走りに迷いがない。

走り抜ける森のなか、むっとした嫌な臭いが強くなる。

そして、微かな水の匂い。

「チビ、抜けるぞ！」

ギルさんの声とともに、薄暗い森のなか、僅《わず》かに光が差す場所へ走り出た。

そこには、泉があり。

そして――異形が居た。

森の木々より僅かに高い黒い塊《かたまり》が、そこにあった。塊は、泉に身を浸《ひた》している。何やら表面が蠢《うごめ》いていた。

塊が上下に動く。

すると、ばきっ、ぴきゅっという不快な音が響く。

ぶしゅりと、赤い液体が飛び散り、臭いが濃くなる。

――血だ。

黒い塊は、何かを食べているのだと理解して、全身に冷水を浴びせられたように恐怖が巡った。

塊の上下に合わせ、何かが動いているのが見えた。

足だ。蹄《ひづめ》がある。

動物の足だ。

人間ではなかったことに一瞬安心するが、しかし恐怖は拭《ぬぐ》えない。

異形は、まだ私たちに気づいてはいない。

「……声、立てんな」

ギルさんが、息遣いのような囁く声で言う。

私は、浅い呼吸で視線をさまよわせる。

子どもの悲鳴は、確かにこちらから聞こえたのだ。ギルさんも、同じことを考えたのだろう。ゆっくりと首を動かしている。

「……居た」

ギルさんの視線の先。異形の足元のすぐ近くの茂みに、彼らは居た。

ラティくんが姿勢を低くし、四人居る子どものひとりの口を手で覆っている。子どもは、恐怖で目を見開き、異形を凝視している。彼が、悲鳴を上げたのだろう。

他の子どもたちも、皆一様に酷《ひど》く怯《おび》えている。

恐怖の限界が近い。

「まずいな」

ギルさんが低く囁く。

少しでも均衡《きんこう》が崩れれば、彼らの恐怖は爆発してしまうだろう。そうなれば、異形に気づかれ、最後は……

私は、血の気が引いていくのがわかった。

ここは、安全とはほど遠い危険な場所なのだと、やっと認識したのだ。

思考が遅い。恐怖で麻痺《まひ》してしまっている。

と、異形が僅《わず》かに動いた。

それに合わせるかのように、子どものひとりが後ずさり、私たちの方を見た。

子どもは、両目を限界まで見開き、そして――

「ギィルゥにいぃちゃあぁぁん!!」

それは助けを呼ぶ声であった。

しかし、それが異形を招く結果となってしまう。

パキッ。

音が止み、異形の動きがとまる。ぽとりと獣《けもの》の足が落ちた。

そして、異形が叫んだ。

それは黒い種が発したものに近く、しかしそれ以上に、身の毛がよだつ大音声《だいおんじょう》だった。

ぼこぼこと、先ほどまで獣《けもの》の足があった異形の場所が盛り上がる。

「ひ……っ」

誰かの悲鳴が上がる。

盛り上がった場所に、顔が現れたのだ。

面のように白い顔は、奇妙だった。恐ろしいほどの憤怒《ふんぬ》の表情を浮かべているのに、空洞の目からは涙が溢れている。

怒りと悲しみ。二つを表したその顔は、ぐぐっと動き、子どもたちの方へ向いた。

「ひぃぃ！」

「いやだぁっ！」

子どもたちの悲鳴が響く。

「くそっ！」

ギルさんは剣を構え走り出す。

しかし、あまりにも遠かった。子どもたちは、私たちとは異形を挟んだ先に居るのだ。

異形の体から無数の触手が伸び、私たちへ向かってくる。

「邪魔だっ！」

疾走するギルさんは、向かってきた触手の一つを踏み台にし、跳ぶ。そして、剣で他の触手を斬り伏せる。

私も守護壁を使い、触手を跳ね返した。恐怖以上に、ラティくんたちが心配で、無我夢中だった。

だけど、遠かった。

私たちは、彼らからあまりにも遠かった。

そこから先は、まるでスローモーションのようだった。

子どものひとりが、触手に捉えられ、引きずられていく。

泣き叫ぶ子どもを、触手に短剣を突き立てたラティくんが助けた。しかし、ラティくんにも触手は迫り、そして。

「ラァァティィィィ！」

ギルさんの絶叫が響き渡る。

私は、何が起きたのか理解できなかった。

飛ぶ血飛沫《ちしぶき》も。ぽとりと落ちる人の腕も。

苦悶《くもん》に歪《ゆが》む、ラティくんの顔も――

私は、理解できなかった。

だけど、わき上がる感情はある。

体の底からわき上がるものが。

私は、吼《ほ》えた。

胸が痛む。吼えれば、吼えるほど痛みが増す。

だけど、そんな痛みになど、構っていられない。

私は、今までにないほど、ギルさんを求めていた。

ギルさんを求めて、私は吼え続ける。

私は、今こそ欲しい。

私の、絶対が。

力の限り叫び、目の前が真っ白になる。

そして――気がつけば、私は水のなかにいた。

泡が上へ昇り、消えていくあの場所に。

目の前で、私の鱗《うろこ》の色をした髪が揺れている。

人の体だ。

私は、人の体になっていた。

凄《すご》く馴染《なじ》む体だ。

水のなか、私は胸を押さえる。

何度も痛みを訴えていた場所に触れると、硬い感触があった。何かが埋め込まれているようだ。

私は、迷わずそれを引き剥《は》がす。引き剥がしたそれを見ると、森のなかで見た黒い種だった。痛みはない。

種は、水に触れると、跡形もなく溶けていく。

それを見て、私はわかった。

自由になったと。解放された、と。

これで、選べるのだ。

私は、水のなかで口を開く。

口から出てきたのは、咆哮《ほうこう》だった。

水が消え、目の前に居るのはギルさんだ。

「チビ、お前……」

私が自分の手を見ると、それは今までの子竜のものではなく、人間の手になっていた。
いきなり私の姿が変わったことに戸惑うギルさんに構わず、私はまた吼《ほ》える。
『名を！』
それは、言葉として空気を震わす。
『名を、与えて！　あなたが、私の絶対だ！』
ギルさんは、私の言葉を聞き目を見開く。
竜騎士候補ではないギルさんには、わからないかもしれない。竜に名をつける意味が。
それでも、私は、伝える。
『私に名を！』
「お前……」
戸惑いを浮かべていたギルさんの瞳。
だけど、一瞬で強い意思が宿った。
伝わったのだろうか。
「……今になって、願い続けていた状況になるのか。皮肉だな」
ギルさんは、つらそうにそう呟いた後、力強く頷いた。
「わかった。お前に、名を与える」

そう言われ、体が震えた。歓喜が全身を巡る。

「お前の名は……」

ギルさんは、真《ま》っ直《す》ぐ私の目を見る。

「シェイリィリィ」

瞬間、光が私を包んだ。


『ああああ！』

口から、歓喜の咆哮《ほうこう》がほとばしる。

光に包まれるなか、私のすべてが書き換えられていく。存在が、変わっていく。

人の手から、力強い翼ある手に。

鱗《うろこ》に覆われ、一回りも二回りも体が大きくなっていく。

森の木々と、私の背が同じになり、ギルさんを見下ろす。

私の体を覆う鱗は、銀色に薄くピンク色がまじった色で、光に当たるとキラキラと輝く。

私は、その色を凄《すご》く気に入った。

小さく蝙蝠《こうもり》のような羽だった翼は、扇子《せんす》に似た、幾重《いくえ》にも重なった形状になる。広げると、すべてを包み込むほどに大きくなった。

兄ちゃんのとは形が違う。これが、雄と雌の違いなのか。

私は、ギルさんを見る。

ギルさんも、私を見ている。

言葉は、いらなかった。

私がギルさんに背を向けると、ギルさんが器用に私の背に登る。慣れている、そう思った。

「シェイリィィ、行くぞ！」

『はい！』

私は、翼をはためかす。すると、私を中心にして風が巻き起こった。

その風に、異形が反応する。

そして触手で掴んでいたラティくんを放すと、こちらに向かってきた。

ラティくんは草地に落下し、ピクリとも動かない。

異形への怒りがわき上がる。

伸びてくる触手に、額《ひたい》で展開した守護壁を叩きつけた。触手は弾き返されるどころか、千切れ飛ぶ。

守護壁の能力が上がっている。

私は、守護壁を展開したまま空高く飛ぶ。

あっという間に異形を飛び越え、私は異形をひきつけるように飛び回った。ラティくんや子どもたちから、異形を引き離したかったのだ。

伸びてくる触手たちは、私の守護壁と、背に乗るギルさんが斬り伏せていく。

不思議な感覚だ。どうすればいいのかが、瞬時にわかる。

異形に背を見せ、触手を誘い込む。そしてすぐさま旋回すると、ギルさんが斬り伏せ、ときには蹴《け》り飛ばしてくれる。

前方は、私の守護壁。後方は、ギルさんの剣。

下から来るのならば、私が避けてみせる。ギルさんを、傷つけさせるものか。

異形は、どんどん泉から離れていく。それはつまり、ラティくんたちから離れているということだ。

じれた異形は、体を震わすと一気に数百という触手を生やした。すべてを私たちへ向けている。私は、空高く舞い上がることで回避した。触手は、その長さに限界があるようだった。

「シエイリィ、見てみろ。やつの顔だ」

言われ、私はあの奇妙な顔を探す。

顔は、数本の触手に守られていた。

触手すべてが、私たちに向かっていたわけではないらしい。

「やつは攻撃するとき、必ず自分の顔を触手に守らせている」

つまり、顔が弱点だということだろうか。

ギルさんは、束の間考える素振りをし、何かを決意したかのように言う。

「シェイリィイ。少し力業《ちからわざ》なことをするが、俺を信じてくれるか」

『はい！』

私は、即座に返答する。私がギルさんを疑うなんてことはありえない。

私とギルさんは、触手の蠢《うごめ》くなかを急降下していく。

私は守護壁を最大出力し、巨大な槍を作った。

そして全力で、触手たちを切り裂いていく。

取りこぼした触手は、ギルさんがやる。私は、彼にすべてを任せて、ただ落ちていくだけだ。異形の顔目がけて。

異形は異変を感じたのか、顔を守っている触手を蠢かせると、それを私たちへ向けた。

向かってくる触手は、私の守護壁が相手をする。だから、無防備になった異形の顔は――

「はぁ……っ！」

私の背から飛び降りたギルさんが、異形の顔目がけて剣を振り下ろす。

ギルさんの剣は、異形の顔の真んなかに消えた。

「ギャアァァ……！」

異形の憤怒《ふんぬ》の表情が苦悶《くもん》に歪《ゆが》み、そして。

パキンと、真っ二つに割れた。

割れた異形の顔は、体から離れ、落下する途中で砂のように消えていった。

すると、触手も、触手を生やした体も同時に溶けていく。

私は、異形の体に乗ったままだったギルさんを自分の背に回収して、地面に着地する。

そのころには、異形の姿はどこにもなくなっていた。

「終わったな……」

『はい』

頷き、そして私はギルさんを下ろす。

ギルさんは、すぐさまラティくんのもとへと向かった。

翼をたたみ、私も後に続く。

「嘘、だろ……」

倒れているラティくんを見て、ギルさんは呻《うめ》くように言った。

ラティくん――無傷だ！

落ちたはずの腕はちゃんとつながり、胸は緩やかに呼吸を繰り返している。眠る顔は穏やかだ。

どこにも、傷など見当たらない。いや、切り落とされた方の服の袖《そで》が、不自然に千切れている。

そんな風に服はボロボロなのに、体は無事だ。

喜ばしいけど――、一体どういうこと？

「……ギル、兄ちゃん」

森のなかに隠れていた子どもたちが出てくる。皆、無事のようだ。良かった。

子どものひとりが、恐る恐る指し示す。

「ラティ兄ちゃん、あの人が、治したんだよ」

私とギルさんは子どもの指の先を見る。

「……誰だ」

ギルさんが低い声で、誰何《すいか》する。

子どもの指し示す先には、ひとりの人物が居た。

黒いフードを被り、そこから数束の金色の髪がこぼれている。

そしてフードの陰からは、髪と同色の瞳が覗いていた。

「……私に、名など意味はない。しかし、敢《あ》えて答えるのならば、イェルと」

「イェル……古語で、一番目か」

ギルさんの呟きに、イェルという名の男は皮肉気に笑う。

「……ラティを治したっていうのは、本当か？」

「ああ、そうだ」

瀕死《ひんし》の人間を元どおりに治すなんて、凄《すご》いことをやってのけたはずなのに、男は淡々と返す。

「……礼を、言う」

「いや、元を正せば、元凶は私だと言える。これは、罪滅ぼしだ」

森に住む者は間に合わなかったが——と、男はまた皮肉気に笑った。

恐らく、異形に食べられてしまった動物たちのことを言っているのだろう。

「あの異形は、種から生まれた。私は、種が蒔《ま》かれるのを阻止せねばならなかった」

種。もしかして、森に入ったときに飛んできた黒い種のことだろうか。

「あんた、いったい……」

「おおーい、イエルー！」

ギルさんの言葉を遮《さえぎ》るように響き渡った声。その声に、私は身構える。聞き覚えがあったのだ――嫌な意味で。

木々の間から現れたのは、二人の人物。イェルと名乗った男と同じくフードを被っているが、体つきから二人とも男性のようだ。

「あっちの悪意の種はあらかた消したぜ」

「森に居た人間も無事です、イェル」

二人はそう言うと、私とギルさんを見て固まる。

「おーおー、でっかい竜だなぁ」

「……イエル、その者たちは」

大柄な人は呑気に私を見上げ、小柄な人は胡乱《うろん》な目で私たちを見てくる。

「悪意の種を倒した勇気ある者たちであり、お前たちが逃がした竜の育った姿だ」

「どういうことだ」

イエルという男の言葉に、ギルさんは私を庇《かば》うように前に出る。

やはり！　今の言葉で確定した。この二人組は、私を誘拐した人たちだ！

「いやぁ、育ったなぁ」

大柄な人は、近所のおじちゃん風にしみじみと言う。誘拐犯のはずなのに、この緊張感のなさはなんなのだろう。マイペース過ぎる。

というか、背中に背負っている信じられないぐらい大きな剣が気になる。この人は、あんなのが持てるのか。

「……つまり、我らが呑ませた悪意の欠片《かけら》を自力で癒《い》やしたということですか？」

小柄な人は、警戒感を露《あら》わにしてイェルに尋ねる。

悪意の欠片。誘拐されたときに聞いた、その言葉。ファナさんに食べさせられたのが、それなのか。

「ああ。竜としての気配を消し遮竜殿《しゃりゅうでん》の結界を抜ける為と、騎士との契約を阻《はば》む為に呑ませたが。見事に乗り越えたようだ」

その言葉に、度たび起こった胸の痛みを思い出す。ギルさんと契約したいと思ったときに起こった痛みも。

あれ全部、お前たちのせいかっ！

私が恨みを込めて睨《にら》むと、小柄な人は目を逸らす。

「……では、あの竜は」

「ああ、珍しき鱗《うろこ》を持つ故《ゆえ》、もしやと思ってたのだが。私の探す金色《こんじき》ではなかった。すまない、無駄足を踏ませた」

「いえ……」

「おい、お前ら」

ギルさんが低い声で言う。

剣呑《けんのん》さを隠さないギルさんに、大柄な人があっけらかんと笑いかける。

「いやぁ、俺ら決死の覚悟で、チビ竜を誘拐したんだけどな。人違いならぬ、竜違いだった！」

あっはっはと笑う男に、私はキレそうになった。

私の怒りを感じたのか、ギルさんが宥《なだ》めるように私の体を撫でる。

誘拐され、殺されるかもしれないと恐かったというのに。皆にも迷惑かけるかもって、涙まで流したというのに。

なのに間違いって！　そもそも金色って何のことだ!?

「シェイリリィ……」

ギルさんが気遣うように声をかけてくれる。

ギルさん、この憤《いきどお》りをどうしたらいいですか。

私の誘拐が、まさかの人違いならぬ竜違いだと判明し、一体どう受けとめればいいのかわからない。

とりあえず、怒りを表す為に尻尾をビッタンビッタンしている。

今の私は、子竜ではない。成竜《せいりゅう》となれば、人間との会話は可能だ。

だけどあえて、口は開かない。下手に開くと、罵詈雑言《ばりぞうごん》が出まくるからだ。ギルさんには、そんな私の姿を見せたくない。

「……シェイリィを誘拐したのがあんたらなら、もうコイツにちょっかい出したりしないということだな」

「ああ、その竜は金色《こんじき》ではない。ならば、もう干渉する必要はない」

すまなかったと、イェルは頭を下げる。

「怖い思いをさせた」

と、小柄な人も倣《なら》って頭を下げたあと、大柄な人のフードを引っ張る。どうやら耳を引っ張っているらしい。痛そうだ。

「おい、お前はまだ謝ることがあるだろう！」

「えー……、あー……」

「おい！」

小柄な人にせっつかれて、大柄な人は頭をかいて言う。

「あー、と。土砂崩れな、俺がやった！」

「はぁ!?」

ギルさんが驚きの声を上げる、私もびっくりだ。

大柄な人は、背中に背負う剣を示して口を開く。

「いやぁ、チビ竜が森に入ったのはわかってたからさぁ。唯一の道を塞《ふさ》げば、俺らでも簡単に捕まえられるってんで、こいつでバーンとなぁ」

「……お陰で、我らも出られなくなっただろ。そのせいで、イェルが直々に来ることになったのだ」

小柄な人が呆れたように言うが、事態はそんなに甘くない。

いや、確かに人為的って言われてたけど……本当に人間がひとりでやるって、普通ないでしょ。

「……あんた、どんだけ馬鹿力なんだよ」

「昔っから、力が強くてなぁ！　鬼子《おにご》と言われたもんよ！」

豪快に笑う大柄な人。

本当に自分の仕出かしたことの意味をわかっているのだろうか。

「土砂については、私がなんとかしよう」

言ったのはイエルだ。

「なんとかって……」

ひとりでどうにかなる問題じゃないと思う。

「イェルならば、できるのだ。その少年にしたようにな」

ところが、私とギルさんの困惑をよそに、小柄な人が淡々と言う。視線の先は、ラテイくんだ。

「イェル、ありがとうございます」

そして何故《なぜ》か、小柄な人が礼を言う。イェルは首を緩く振ると、目を閉じる。

「礼はいらない。すべて、私の責任だ」

イェルは、何者なのだ?

今はもう干渉しないと言われたが、もともとは私を誘拐した相手だ。そして、普通の人ではない力を持っているらしい。

私とギルさんの警戒は解けない。

それに、だ。

私には、どうしても許せないことがある。

私はギルさんの手前、怒りを出さないようできるだけ声を抑えて口を開く。

『……どうして、ファナさんを巻き込んだの』

「ファナ……？」

イエルの怪訝《けげん》そうな口調が、私の怒りに油を注ぐ。思わず激高しそうになったことに気づいたらしく、小柄な人が慌てて間に入った。

「すまない！　イエルは何も知らないのだ！　全部、俺が悪いのだ！　まさか、あの娘が他を巻き込むなど、考えていなかった！」

小柄な人は悔やむように、口を歪《ゆが》めた。

「……俺は、子竜を攫《さら》う為に、黒き乙女を利用した」

黒き乙女……ジュリエッタのことだ。ファナさんを追い詰めた女の子。

「あの娘が、よりにもよって白き乙女を使うとは思わなかった……」

その口調は、後悔に満ちていた。でも――

『だからと言って！』

私は声を荒らげる。

いくら後悔していようが、関係ない！

『命じたのは、その人だ！　命じた以上は、責任がある！　私の怒りを受ける責任も！

誰かが、不幸になったことの責任も！』

知らなかったからと言って、許されるものじゃない。

だって、泣いていた。ファナさん、泣いていたんだ。

ごめんなさいって！

『あんな悲しい謝罪を聞かされた！　あんなにも、優しい人を泣かせた！　それでも、悪くないって言うの！』

ファナさん、ファナさん！　彼女は、小さな私の、世界のすべてだった。

この世界でのお母さんって言える人だ。

母親を泣かせて、平気でいられるわけがない！

「……その通りだ」

イエルは、力なく言う。

何故《なぜ》か、右腕を押さえながら。

「確かに、私には責任がある。責められて然《しか》るべき責任が……。命を差し出せというのなら、そうしよう」

だが――、と彼は続ける。

「私にはやらねばならぬ、ことが、ある。それが終わるまで、贖罪《しょくざい》は、待ってもらいたい」

そこまで言って、イェルの体がぐらりと傾く。大柄な人が、慌ててイェルを支えた。

「馬鹿っ！　成り変わったばかりなんだぞ！　無理はするな！」

「大丈夫だ……」

よく見れば、イェルの顔は真っ青だ。

しかも、右腕からじわじわと血が滲《にじ》み出ている。

その痛々しい姿に、怪我《けが》人を糾弾《きゅうだん》してしまったことに対する罪悪感が生まれた。それでも堪《こら》えられない怒りがわいて、二つの感情が私のなかでせめぎ合う。

イェルは、贖罪はすると言った。自分の命すら、差し出すと。

でも、それは私の求めているものではない。

イェルが罰せられても、ファナさんの悲しみは消えないのだ。

それでも、イェルには傷ついて欲しいと思っている私も居る。

誰かが傷つくと、傷は永遠に続くのかもしれない――

「……本当に、すまなかった」

再度謝ったのは、小柄な人だ。沈痛な表情をしている。

「君の気にしている人だが、罪が露呈《ろてい》しても、無事だ。それは、確かだ」

『本当に……？』

私は、疑いの声を上げる。彼らを簡単に信じることはできない。

「ああ、本当だ」

小柄な人は、力強く断言した。

彼の緑色の目をじっと見つめる。彼も、迷いなく見つめ返してくる。これなら――信じても良さそうだ。

そうか、ファナさんは無事なのか――

『なら、いい。早く、消えて』

口早に言った私に、大柄な人が何か言いたそうにしたが、イェルがそれを制す。

「わかった。今すぐにでも、消えよう」

「イェル……」

「すまないが、連れて行ってくれ。自分では、歩けん」

「ああ、わかった」

大柄な人は、イェルを担ぐと歩き出す。

小柄な人は、横たわるラティくんを見たあと、私を見て頭を下げてから、二人の後についていった。

残されたのは、ラティくんの周りに集まる子どもたちと、私とギルさんだ。

『ごめんなさい。他にも聞きたいこと、あったよね……』

謝る私に、ギルさんは優しく笑う。

「いや、いいんだ」

そうして私の鱗《うろこ》を撫でる。

「よく、耐えたな」

私の目から大粒の涙が零《こぼ》れていく。

『ファナさん……』

「ああ」

『無事、良かっ……！』

「そうだな」

私は、イェルたちの前で泣きたくなかった。

だから、早く居なくなって欲しかった。

『うわあぁぁん！』

私は、ギルさんのそばで泣き続けた。

私が泣き止んだころ、ガッドゥさんたちが来た。驚くほどに、皆ボロボロだった。

聞くところによると、異形は他にも一体居たらしく、傭兵団《ようへいだん》の皆は苦戦を強《し》いられていたらしい。

そこに謎の二人組が加勢に入り、異形を何とか倒し、そうして私たちの方に駆けつけたというわけだ。

二体の異形が倒されると、薄暗かった森に光が差して、淀《よど》んでいた空気も清涼なものに変わった。森の異変は去ったのだ。

「竜くん、立派になりましたねぇ」

と、ジャックさんを始めとした皆は驚いた。えへん、もう大人だぞう。

「やっぱり、おめぇが騎士に選ばれたか」

ガッドゥさんがしたり顔で、ギルさんに言った。

「なんでガッドゥ爺《じい》が、んなことわかるんだよ？」

ギルさんが憮然《ぶぜん》として、問いかける。ガッドゥさんは、ニヤリと笑った。

「そんなのは簡単だ。子竜はな、子竜の世話役か自分の騎士からしか物を食わねーんだよ」

「……知ってたんなら、早く言えよ」

不機嫌な顔をしたギルさんは、ガッドゥさんを軽く睨《にら》んだ。でも、ガッドゥさんは気にした様子はない。

「言ったじゃねーか。こいつは、おめぇの相棒だってよ」

「……」

私を指して言ったガッドゥさんの言葉に、ギルさんは何も言い返せずに黙った。

因《ちな》みに、子どもたちはというと、大人たちにぎゅうぎゅうに抱きしめられて泣いていた。どうやら、傭兵団に憧れて、真似《まね》をしたかったらしい。きっと後でこってりと絞られるだろう。

ラティくんは、傭兵団の専属医師が診《み》てくれている。どこにも、異常はないようだ。

ラティくんのことについてだけは、イェルに感謝してもいいと思った。

ギルさんは、イェルから聞いた悪意の種のことや、私の誘拐のことは、後でガッドゥさんに言うと言っていた。

土砂崩れも、恐らく解決するだろう。

ひとまず、今回の事件はこうして幕を下ろしたのだった。

さて、問題が起きました。

村に帰る為、私は竜の姿から人型に変わったわけですが。

あ、服はちゃんと着ていました。何やら見覚えのある、フリルいっぱいの服です。この服、一体どこからきたんだろう。謎だ。

いえ、違います。

今は、それが問題じゃなくって。

ギルさんです！

ギルさんが私に、近づいてくれない！

せっかく、人型になったのに！

「シェ、シェイリィ、少し、離れてくれ、ないか」

「い、や、です！」

うう、人型になるの慣れてないから、上手くしゃべれない！

私は、じりじりとギルさんとの距離を詰めていく。

「竜くーん、あと少しですよー」

「頑張れよー。ギルのやつ、モテるのに女が嫌いなんてなぁ」

「昔、色々あったらしいぜ」

「まあ、とにかく頑張れ！」

と、ジャックさんや傭兵団《ようへいだん》の皆さんの声援に背を押され、私は何とかギルさんの腕に、自分の腕を絡ませることに成功する。

「シェイリィ……っ」

ギルさんが焦ったような声を上げるが、私は気にしない。

結局、私は村に帰る道中、傭兵団の皆に冷やかされながら、ギルさんにべったりするのだった。


村に帰って直《す》ぐに、私とギルさんは、ガッドゥさんの家へ行った。森で起こったことを詳しく報告する為だ。

そのころにはギルさんも私の存在に慣れてくれたようで、そばに居ても怒られなくなった。

私とギルさんの報告を聞いた後に、ガッドゥさんは静かに口を開いた。

「あいつらの後を追わなかったのは、お前らの判断か」

「ああ」

ギルさんは神妙に頷いた。

ど、どうしよう。怒られるのかな。ギルさんは私の勝手な判断を尊重してくれただけなのに。

ガッドゥさんは、ギルさんの肩をとんっと叩いた。

「いい判断だ」

「それしかねぇだろ」

ギルさんは、どこか苦い表情を浮かべて呟いた。

次にガッドゥさんは少し笑いながら、私の頭を撫でる。

「特にお前さんは、見た目と違ってまだまだガキだからな。突っ走って追いかけたかっただろうに」

「ああ。よく耐えたな」

ガッドゥさんとギルさんが誉めてくれるが、私は混乱するばかりだ。

えっと、私は自分の心の赴《おもむ》くままに判断していただけであって、誉められるようなこと、して、ないです。

いまいち状況についていけない私をよそに、ギルさんとガッドゥさんの会話は続いていく。

「……で、ガッドゥ爺《じい》の方は、どうだったんだよ」

「ああ、とんでもねぇやつらだった」

ガッドゥさんは、重々しく、そして疲れたように息を吐き出した。

「後からやって来た二人組だが、がたいの良い方が、化け物を一太刀《ひとたち》で真っ二つにしゃがった」

「一太刀……っ⁉」

ギルさんが、目を見開く。

私も驚きのあまり、口があんぐりとなってしまった。

だって、一太刀⁉　私とギルさんが一緒に戦ってやっつけたあの異形を、たった一太刀で倒したって！

あの大柄な人、どんだけ強いのだよ！

「ありゃあ、危ない目をしてやがった。言動に惑わされるんじゃねぇぞ。痛い目を見んのはこっちだ」

「……確かに、へらへらしてる割には殺気立っていたな」

ギルさんたちの会話に、今更ながらに背筋がゾッとする。

もしもあのとき、感情が怒りの方に向いていたら、私は絶対彼らの後を追っていた。

そうだったとしたら、どうなっていただろうか。

あのとき、謝意を持っていたのはイェルと小柄な人だけだったように思える。

大柄な人は――そうだ、笑っていた。土砂崩れのことですら、本気で悪いとは思っていないようだった。

唯一違う反応を見せたのは、私がイェルに消えろと言ったときだ。

大柄な人から笑みが消えていたような気がする。

あのときは、私のそばには、守らなくてはならないラティくんや子どもたちがいた。

紙一重だったのだ、私たちは。

ギルさんが止めなかったのは、そういう理由があったからなんだ。私は、何もわかってなかったのだ。本当に、何も。

「……まだまだ半人前のお前と、成竜《せいりゅう》に成り立てのこいつじゃあ、荷が勝ちすぎる相手だ」

「ガッドゥ爺《じい》……」

何か言いかけるギルさんを、ガッドゥさんは制す。

「命を張る必要はねぇ。命を懸《か》けて戦うのは、騎士だ。俺たち傭兵《ようへい》は、生きて任務を全《まっと》うしてこそ、その価値がある。俺のもとに居る間は、お前は傭兵だ。死に急ぐような真《ま》似《ね》はすんじゃねぇ」

真剣にそう語るガッドゥさんに、ギルさんは、ただ小さく頷いた。

結論として、これはグラヴァイルの騎士団に報告するべきということになった。すでにことは、傭兵団でどうこうできるレベルではない。

「で、だ。お前ら、これからどうすべきかわかってんのか」

とは、報告が終わった後のガッドゥさんの言葉だ。

「あー……、まあ、な」

対するギルさんは何故《なぜ》か歯切れがとても悪い。ガッドゥさんは、深々と呆れたようなため息をつく。

もしかして、お説教ですか？　またもや問題発生ですか。

大丈夫です。未熟者なりにちゃんと受け止めます。私は知らないままでいてはならないのです。

「あのなあ、こっからが面倒なんだぞ。仕方がなかったとは言え、お前が略式なんぞするから、こいつがかわいそうなことになってんじゃねえか」

と、ガッドゥさんは、私を見る。

私がかわいそう？

「……悪いとは思ってる」

やはり、歯切れの悪いギルさんだ。

「ギル、覚悟は決めてんだろ」

「当たり前だ。……だけど、これは俺の身勝手だろ。俺は、傭兵だ」

ギルさんはぎゅっと眉間に皺《しわ》を寄せている。

「ギルよぉ。もう決まったんなら、歩き出せ。俺は、お前を送り出す。それは、お前を拾ったときから決めてたことだ」

「ガッドゥ爺《じい》……」

ガッドゥさんは、にいっと豪快に笑う。

「なぁに、ちっとばかし寂しくはなるがな。俺らの絆《きずな》はそんなヤワなもんじゃねぇ」

そして、ギルさんをじっと見つめるガッドゥさん。

「行って来いや、ギル」

ガッドゥさんは、そう力強く言うとガシッと、ギルさんの右手を握った。

ギルさんは、おずおずと握り返してそれに応えた。何とも言えない空気に、私は口をはさむことはできないけれど……

それでも、ここで別れの儀式が行われたのだというのは、何となくわかった。

私たちは、ガッドゥさんの自宅を後にした。

そこで、ようやく私は口を開く。

「……ところで、ギルさん」

「なんだ、シェイリィ」

ギルさんに名前を呼ばれると、胸のあたりがぽわっとなる。が、今はそれどころじゃない。

「話、見えない」

「は？」

私の切実な訴えは、ギルさんのきょとんとした表情を見られるという僥倖《ぎょうこう》を招いた。

いや、今それは関係ない。

「話が、まったく、見えない」

「……俺には、お前の言ってることがわからない」

ギルさんは、そのままの様子で問い返してくる。これは、本当に理解できていないようだ。

「だから、私が、かわいそうって、なに」

「え」

途端にばつの悪そうな顔になるギルさん。そんな顔になるほど、私はかわいそうなのだろうか。不安が這い上がってくる。

「あ、いや。だってお前、俺のせいで、子竜のままじゃねえか」

「え!?」

私、色々、びっくり！

「私、子竜の、まま？」

慌てて頭、顔、首、肩、手足や胴体をさするけれど、ちゃんと人間の少女の姿をしている。幼児でも赤ん坊でもない。なのに、私、子竜のままって何ですか！

ギルさんは私の困惑をよそに、無情にもあっさり頷いた。

「だから、言葉もしゃべりにくいだろ？」

なんと！

ギルさんによると、私たちがやったのは、簡易的な名づけの儀式だったという。

本来の儀式は、もっと長ったらしい文句があり、それをすべて口にすることで完了になるらしい。

「だから、今のお前は見た目は一応十五、六歳だけど、中身は子竜――つまり赤ん坊のままなんだよ」

「そ、そんな！」

私はすっかり成竜《せいりゅう》気分で、ギルさん好き好き攻勢を強める計画までしていたというのに、まさかの精神は子竜！

見た目は大人！　中身は赤ちゃん！

そ、そう言えば、思い返してみれば、成竜になったはずなのに私の思考は今までと変わらない。さっきの誘拐犯とのやり取りだって、子竜時代同様に感情優先の選択をしていた。兄ちゃんだったら、絶対にそんな判断はしない、はず。

私、ショック！

落ち込む私に気づいたのか、ギルさんはバンダナ越しに頭をかきながら言う。

「あー、とりあえず。グラヴァイルまで行って、遮竜殿《しゃりゅうでん》と連絡を取れば、直《す》ぐに正式な儀式ができるさ」

もしかしたらそれは彼なりの慰《なぐさ》めなのかもしれないけど、私の心にはまったく響かない。だって、言動や思考が赤ちゃんで、そのせいで一歩間違えたらギルさんたちが命の危機、なんていう状況を作っていただなんて……立ち直れない。

と、落ち込むなか、ふとひとつの疑問が浮かんだ。

「ギルさんと、ガッドゥさん、なんで、そんなに竜に、詳しいの？」

そうなのだ。ギルさんもガッドゥさんも、妙に竜に詳しい。

名づけの儀式のこととか、この世界でも普通の人は知らないんじゃないだろうか。

「――俺は、まあ、ちょっと学ぶ機会があってな。ガッドゥ爺《じい》は、元竜騎士なんだよ」

なんと！

「色々あって、竜騎士辞めた後、傭兵団《ようへいだん》作ったんだってよ」

行動力あるよな、あの人、とギルさんは笑う。

私はガッドゥさんの姿を思い浮かべて、若いころはさぞかし迫力のある竜騎士だったのだろうな、と思った。

色々なことがいっぺんに判明して、まだまだ全部理解できてるとは思えないけれど。

次の目的地だけは、はっきりした。

目指せ！　グラヴァイル！

第六章　ライバルと出発

すっきりと目が覚めた。朝である。爽《さわ》やかな朝がやってきたのである。

私はいそいそと寝台から降りると、まずはクローゼットへ向かう。

本日の服を決めるのだ。

クローゼットのなかには、深き森に根づく村に住む女の子たちが着るような、素朴なワンピースとエプロンが数着入っている。

すべて、新しくあつらえてもらったものだ。

私は自分の髪と同じピンク色のワンピースを手に取ると、寝間着を脱ぐ。

「ふん、ふん、ふーん」

思わず鼻歌が出てしまう。人型になれて、嬉しくて仕方がないのだ。

ワンピースに着替えると、今度は姿見へ向かう。

全身が映る姿見には、ベビーピンクの髪の女の子が映っている。優しげな風貌《ふうぼう》の、なかなか可愛《かわい》らしい少女だ。

私だけど！　我ながら、睫毛《まつげ》長い！　さすが、兄ちゃんの妹！

腰まである真《ま》っ直《す》ぐな髪を手で梳《す》いて、寝癖がないか確認する。よし、完璧だ。

足元は、ジャックさんに新しく作ってもらった、可愛《かわい》いデザインのブーツで決まりだ。

ジャックさん、何でもできるなぁ。

あとは顔を洗い、お世話になっている宿屋の娘さんに挨拶《あいさつ》すれば、もう出かけられる。

ギルさんのもとへ！　ギルさんのっ、もとへっ！

実は今、私はギルさんたちと一緒に住んでいない。追い出された、とも言う。だから今は、村の宿屋でお世話になっている。

くうっ！　人型になってから、傭兵団《ようへいだん》の皆や村の人たちに、若い男女が同じ屋根の下に住むなどけしからんとか言われて、ギルさんから引き離されてしまったのだ！

なんだよーう！

見た目は大人でも中身は赤ちゃんなのだから、今までみたいに一緒でも良いじゃないかー。ぶうぶう。

ギルさんまで、俺たちは距離を取った方がいいとか真顔で言うしー。

——いや、待てよ。

ギルさんに関しては、考えようによっては、異性として意識しているってことじゃないか？

いや、そうだよ！　今までの、ひたすら甘やかされてたのも、まあ心地よかったけど、あれは完璧に赤ちゃん扱いだった。

それが、今。

女の人が苦手なギルさんが、距離を取っている。

これは、喜んでいいはずだ！

「元気、出た！」

私は拳《こぶし》を握り、意気揚々《いきようよう》と部屋を出るのだった。


「シェリィちゃん、おはよう」

「おはよう、ございます！」

顔を洗い、宿屋の食堂に行くと、娘さんが掃除をしているところだった。

私はたどたどしくも、元気いっぱいに挨拶をする。

因《ちな》みに、シェリィとは私の愛称である。シェイリィだと長すぎると、皆が決めたものだ。

名づけたギルさんは憮然《ぶぜん》としていたけれど、今はギルさんもそう呼んでいるのだから、内心本人も長いと思っていたのかもしれない。私は、せっかくつけてもらえた名前が短くなってしまいしょんぼりである。

「シェリィちゃん、ギルたちのところに行くついでに、お野菜持って行ってくれる?」

「はい!」

娘さんが差し出す袋を、私は両手で受け取る。うむ、重いけど平気! 私、力あるから!

娘さんは、私に微笑んだ。

「良いこと、シェリィちゃん。女は最初が肝心なのよ?」

「先手、必勝!」

一見、謎の言葉をやり取りする娘さんと、私。

しかし、私たちの間で意味が通じているからいいのである。

所謂《いわゆる》、娘さん流の女の心得だ。

「ギルは、ほんと女心に疎《うと》いんだから。頑張るのよ?」

「はい!」

了解しました!

私は、娘さんに見送られ、ギルさんとジャックさんの家を目指した。

ギルさんと朝ご飯が、私を待っている!

ギルさんたちの家に到着した私は、ドアをそっと開ける。

元住人の私は、ノックをしないのだ。

「おはよう、ござい、ます」

うーん。まだまだ赤ちゃんだから、言葉がたどたどしいなぁ。もう、慣れたけど。

台所で、朝ご飯の用意をしているジャックさんに声をかける。

「やあ、シェリィ。おはようございますー」

ジャックさんも、私をシェリィと呼ぶようになっている。竜くんと呼ばれてたころに比べると、実に女の子らしい扱いだ。

今更だが、ジャックさんは私を男の子だと思っていたらしい。酷《ひど》い！

「これ」

私は、娘さんから渡された袋をジャックさんの目の前に持ち上げ、彼を見る。

人型の私は、長身のジャックさんより頭一つ分低い。

因《ちな》みにギルさんも背が高いから、ふたりと話すときは私は見上げないといけない。

子竜時代とは違い、人型だと皆の身長がよくわかって新鮮だ。子竜だと、全員が大きく見えてたからなぁ。

「いつも悪いなぁ。後でお礼言わないと」

ジャックさんは、袋の中身を見ながら言う。

宿屋の娘さんが凄《すご》く面倒見が良いということは、お世話になった三日間だけでも、本当によくわかった。

昨日あった、傭兵団《ようへいだん》の酒盛りにも快《こころよ》く食堂を貸してくれたし。さすが、村長の娘さんだ。

因《ちな》みに、前にも説明したが、この村は、村長さんの家が宿屋もやっている。

「じゃあ、シェリィ。朝食すぐできるんでー、座って待っててもらえます？」

「ううん」

ジャックさんの提案を、私は拒否する。ジャックさんは、首を傾《かし》げている。

「先手、必勝！　起こすの」

きりっと、表情を引き締めて、私はギルさんが眠っている寝室を指差す。

得心がいったらしいジャックさんは、ああそうかと呟くと、私の頭をぽんと撫でる。

「頑張ってくださいねー」

「うん！」

頑張るのである！

私はいそいそと、寝室へ向かう。

ギルさんは、昨日は遅くまで傭兵団の皆につき合っていた。だから、今頃はまだ夢のなかのはず！

いざ行かん、ギルさんの寝顔拝見へ！

ギルさんは、布団を抱き込んで、深く眠っているようだ。

普段、眉間に寄っている皺《しわ》は、眠っている間は消えている。少しだけ幼く感じるギルさんの寝顔に、私はにんまりと笑う。

そろりそろりと忍び足で近寄り、寝顔を堪能する。可愛《かわい》いなぁ。

その布団は、私の代わりですか？　私居なくて、寂しいですか？

「んっ、と」

ベッドに乗り上げると、ギシリと鳴った。

それほど大きくはないシングルサイズのベッドなので、私たちの距離は近い。

「む……っ」

人の気配を感じたのか、ギルさんの眉間に皺が寄る。

あ。もう、起きちゃう。

うっすらと、ギルさんの漆黒の目が開かれる。

そして、そこに映る私の姿。

「ギルさん、起きた？」

小首を傾《かし》げる私。

おっとりとした動作は、意識してやってます。女は、思惑を持って行動するのである。

そうですよね、宿屋の娘さん！

「シェ、リィ……っ」

ギョッとして、身を起こすギルさん。途端に、私との距離が近くなる。

身を固くするギルさん。

うむ、意識されている。

「ギルさん、おはよう」

昨夜、散々練習した、私としては最上級の笑顔を披露する。

動作も、思いっきり可愛《かわい》らしく。羞恥心《しゅうちしん》？　恋の前じゃ、無力ですよ。

それに、今からやろうとしていることを考えれば、こんな些細《ささい》な行動は恥ずかしいのうちに入らないのである。

「あ、ああ。おは、よう」

まだ起き抜けで、ぼうっとした表情のギルさん。どんな表情でも、格好いいです！

しかし、ギルさんの思考が鈍い今こそがチャンスである！

私はぐっと、身を乗り出す。

「シェリィ……？」

緩慢《かんまん》な動きで、体を離そうとするギルさん。

でも、もう遅い。

ちゅっ。

軽いリップ音が響く。

ふっ、やってやりました！

私、ギルさんのほっぺに、ちゅーしました！　ふふーん。

「な、あ……？」

ワンテンポ遅れて、ギルさんは事態を把握したらしい、私がキスをした右頬に手を当てる。

だが、しかし。私も、隙を与えないのだ！

呆然とするギルさんに、私は照れたように笑いかける。

「あの、ね。好きな、人には、こうするの、でしょう？」

たどたどしく言い、そっと右手で自分の唇に触れ、上目遣いでギルさんを見る。

そして、トドメの一言である。

「キス、しちゃった」

恥じらいながら言うのがみそである、と娘さんが言ってた！

くらりと、ギルさんはほっぺに手を当てたままよろめいた。そして、わなわなと唇を震わす。

「だ、誰がっ、お前にこんな……っ」

「ん、と。秘密、です」

私は、キリッと表情を引き締めて答える。

ギルさんは、顔を朱に染めると、ばたりと布団に顔を伏せる。

「ギルさん」

ゆさゆさと体を揺すると、ギルさんはさらに顔を埋めてしまう。

「見んな！」

と、必死に真っ赤な顔を隠そうとしている。

か、可愛《かわい》い！　そんな恥じらうギルさんも、素敵です！

「二人ともー、食事できたんで、早く来てくださいねー」

ジャックさんの呼び声がするまで、私とギルさんは攻防を続けた。

「……シェリィ、着替えるから出て行ってくれ」

「うん」

ギルさんに言われ、私は素直に従う。ギルさんの裸を見るのは、色んな意味でまだ早い。

寝室を出ると、ジャックさんが湯気の立つ器《うつわ》と、パンをテーブルの上に置いていると
ころだった。

「ジャックさん、ギルさん、起きた」

「わかりました。ありがとうございます」

テーブルの周りにある椅子は、二脚から三脚に増えている。私の分だ。

私は、専用の椅子に腰かける。

でき立てのスープが入った器が私の前に置かれるころに、ギルさんが寝室から出て
来た。

今日も、バンダナが似合ってますね！

「……ジャック、勝手にシェリィを寝室に入れんな」

不機嫌そうなギルさんに、ジャックさんは笑い声を上げる。

「何言ってんですか。前まで、一緒に寝てた仲なのに」

「な……っ、そりゃ、前はそうだったがなぁ！」

ギルさんは、気まずそうに私を見ながら言う。

そうだ、そうだ！　ジャックさん、ギルさんにもっと言ってやってください！

私は、今だって、一緒でも良いですよってんだ！

「今は……、まずいだろ」

「そーですかー？　僕は、今も前も、何も変わってないように思いますけどねぇ」

ジャックさん、どういう意味ですか！　私、まだ赤ちゃんだって言いたいのですか！

くぬー、私は大人だぞーう！

「……私は、大人！」

そう主張すると、ギルさんが食いついてきた。

「そうだな。シェリィは大人なんだから、勝手に人の寝室に入っちゃダメだよな！」

……あれ？

「ああ、まあ。大人なら、仕方ないですよねー」

ジャックさんまでが、ちょっと笑いながらそう言ってくる。

……もしかしなくとも、発言のタイミング間違えた？

ギルさんは、結論は出たとばかりにさっさと椅子に座ってしまうし、ジャックさんも食事が冷めるから、早く食べましょうとせっついてくる。

おかしいな。

人型になって、ギルさんたちと同じものが食べられるようになって、嬉しいはずなのに。なんだか、悲しい。

私は、しょんぼりとスプーンを手に取ると、目の前のスープを掬《すく》った。

私は、スープを食べながら考える。

私の誘拐騒ぎ。結果的には誘拐犯の勘違いだったにせよ、事実として私は連れ去られたのだ。

私が暮らしていた竜舎——遮竜殿《しゃりゅうでん》は、凄《すご》い騒ぎになったはずだ。

遮竜殿でイェルたちを手引きしたジュリエッタと呼ばれていた少女と……ファナさん。

二人は、どうなったのだろう。

結局、イェルたちの目的はわからないままだった。誰が味方で、誰が悪意あるものなのか。今の私は、遮竜殿の誰を信じて良いのかわからない。

だけど、帰るしかないのだ。私の居場所は、やはり遮竜殿のなかにある。子竜仲間も安心させたい。皆に会いたい——。だから私は、帰りたい。

何が待っていようと、私は負けない。

遮竜殿には、ギルさんも一緒に帰る。契約もちゃんとしなくてはいけないし、竜と騎

士の間柄である私たちは、離れることはないのだ。

温かな村を出て行くのは、寂しいけれど……

私には、ギルさんがいるのだから。大丈夫、挫《くじ》けたりしない。

◆◆◆

敵は、朝食の後にやってきた。

ギルさんたちの家のドアをノックし、にこやかに挨拶《あいさつ》しているが、あいつは敵である。

愛想良く女の子らしい振る舞いをしてても、敵である。

敵の名前は、チェリシュ。

クルクルとカールした髪を両サイドで纏《まと》め、村では珍しくフリルとリボンの多い服を着た可愛《かわい》い十四歳の女の子――だが、敵である。

何故《なぜ》ならば！

彼女は、ギルさんを狙っているのだ！

敵は挨拶もそこそこに、ギルさんの腕に手を絡めている！　何してくれちゃってんの！

「ギルぅ、お爺ちゃんが呼んでこいって言うから、呼びに来ちゃったの」

何だ、その甘えた口調は！

お前、ガッドゥさんの孫だからって、調子に乗ってるだろ！

そこは、私の指定席なんだけど！

必死に殺気を隠そうとしている私に、チェリシュはふっと勝ち誇った顔を見せる。

むっかー！　私がギルさんの前では、大人しくしてるからって！　なんて、腹の立つやつだ！

「……ガッドゥ爺《じい》が呼んでんのはわかったから、離せよ」

女の人が苦手なギルさんは、素っ気なくチェリシュに言うと、腕から彼女の手を引き剥《は》がす。視線も合わせない。

チェリシュは、ムッとしたように頬を膨《ふく》らませる。やーい。

「なによー。呼びに来てあげたんだから！　もう少し優しくしてくれてもいいじゃなーい」

「お前は、からかってるだけだろーが」

ギルさんは、さっさと会話を終わらせようとする態度を崩さない。

それがわかったのか、ますますチェリシュの機嫌が悪くなる。

いえ、ギルさんの態度が素っ気ないのは、チェリシュの自業自得《じごうじとく》なところもあるのだよ。

だって、チェリシュは私が初めて村に来たときに、ギルさんに絡んできた女の子なのだ。ギルさんは、彼女を最も苦手としている。

「いいから、もう戻れよ。俺らも、ガッドゥ爺のとこにはあとから行くから」

「……わかったわよ！」

もう知らない！　とばかりに、チェリシュは荒々しく出て行く。その際に、私に鋭い視線を寄越すのを忘れない。

私も、ギルさんに気づかれないように睨《にら》み返す。

私とチェリシュの間に火花が散る。

ギルさんは、渡さん！


チェリシュは、ガッドゥさんの孫娘である。

ガッドゥさん、若く見えるけど実は九十歳を超えているらしいのだ。びっくり！

なんでも竜騎士になると年を取りにくくなるらしい。竜は長生きする生き物だ。子竜時代は短いけど、成竜《せいりゅう》になると軽く五百歳は生きるんだ。だから、パートナーになった騎士は、竜に合わせて老化が緩やかになる。

ということはつまり、ギルさんも若いままなわけだ！　いや、年を取っても格好いいだろうけども！

閑話休題《かんわきゅうだい》！

チェリシュは、元々、そんなにギルさんにアタックしていたわけではない。

それは、私の村来訪初日のギルさんへの態度でもわかる。彼女は、ギルさんを日常的にからかっていただけだった。

ときにスキンシップも交えたからかいは、ギルさんの精神に多大な負担をかけていたという。

そんな嫌がらせめいたことをギルさんにしていたチェリシュが、何故《なぜ》今になって好意を示し始めたかというと。

宿屋の娘さん曰《いわ》く、私のせいらしいのだ。

今まで、ただ反応が面白くてからかっていた美形な顔馴染《なじ》みの男に、美少女のパートナーができた。美少女！　自分で言っちゃうよ！　美少女！

チェリシュなりに、自分はギルさんにとって割と近しい存在だと思っていたそうだ。

そんな彼女からすると、私はいきなり現れた新参者、というわけで。

ギルさんにところ構わずべったべたな私。ギルさんも、何だかんだ言いながら、邪険にはしない。むしろ、大切にされてると思う！

そんな私たちの様子を見て、チェリシュは自分のなかにあったギルさんへの気持ちに気づいちゃったらしいのだ。一生、気づかなければ良かったのに！

そうして、私が人型になってからの三日間。私とチェリシュの戦いは続いているのである。


チェリシュが去ったあと、私はとことことギルさんに近づき、袖《そで》を引っ張る。

「どうした、シェリィ」

うん。やっぱり、チェリシュのときとは違って、素っ気なくない。満足。

私は嬉しい気持ちのまま、話しかける。

「あの、ね。ギルさんのこと、ね」

ちょっと照れてしまうお願いなので、もじもじしながら私は続ける。

「ギル、って呼んでも、いい？」

ドキドキして聞く私。

ギルさんは、少し驚いたような顔をしたあと、あっさりと頷いてくれた。

「なんだ、そんなことか。全然、構わねーよ。俺とお前の仲だし」

俺とお前の仲！

や、やったー！　確実に、ギルさんのなかでの私の地位は上がっている！

それに、呼び捨て了承してくれたし！　凄《すご》く嬉しい！

「ギ、ギル……」

「お、おう」

照れながら呼ぶと、ギルさん……むう、ギ、ギルも釣られてどもった返事になる。

うひゃう、照れる。

「ギル、ギル！」

「連呼されると、恥ずかしいだろーが！」

と、ギルに頭をぐりぐりと撫でられる私。

わーい。

喜んでいると、ジャックさんが頭をかいて呟いた。

「……僕の存在、忘れないでくださいねー」

そうだった。

ギルと一緒に、ガッドゥさんの家にやってきました。

ガッドゥさんはひとり暮らしだ。チェリシュは別の家で生活している。つまり、ガッドゥさんの家に、チェリシュは居ないのだ。それ、凄く大事。

「来たか」

ガッドゥさんは、椅子に座り私たちを出迎えた。どこか元気がない様子なのは、深き森で起こった事件の後始末に連日追われていたのと、昨夜の酒盛りのせいだろう。昨日はギルの送別会で、皆遅くまで飲んでいたのだ。

送別会――。そう。私とギルは、今日村を出発する。

森の事件から三日経ってからの出発になったのは、異形が起こした事件による混乱が続いていた為だ。

そうして、事件もだいぶ落ち着いた昨夜。傭兵団《ようへいだん》の皆に惜しまれながら、ギルの退団が決まった。

竜騎士は国の象徴であり、国に仕える立場。それゆえ、竜騎士でいる間は傭兵団との両立はできないのだ。仕方ない、そういう決まりなのだから。

というわけで、ギルについても色々手続き的なことをすませてからの、いよいよの出発なのだ。この村ともお別れだ。寂しくないといえば、嘘になる。

「準備はすんだか」

「まあ、粗方《あらかた》な」

ギルは、三日の間に身の回りの物を整理していた。私も手伝ったよ。

「そうか……寂しくなる」

「なんだよ、急に」

しんみりとした様子で呟くガッドゥさんに、ギルは戸惑うように言う。

「バカやろう。三年も、ともに仕事してきてたんだ。寂しくもなるだろうがよ」

「ガッドゥ爺《じい》……」

ガッドゥさんは、少し涙ぐんでいる。

「送り出すって決めてもなぁ、年寄りってのは辛気臭くていけねぇよ」

「ああ、その、なんだ」

ギルは照れ臭いのか、歯切れ悪くバンダナ越しに頭をかく。

「……手紙、ぐらいは出す」

「そうか」

ガッドゥさんが私を見る。

「お前も、元気でな」

「はい！」

私が元気良く返事をすると、ガッドゥさんは明るく笑う。良かった。湿っぽいのは苦手だ。

ガッドゥさんはおもむろに立ち上がると、奥の部屋へ消えていく。

「お前らを呼んだのは、渡すもんがあったからだ」

そう言って、ガッドゥさんは一振りの剣と、少し大きな革の袋を持ってきた。

「こっちの剣は、ギル、お前にだ。で、こっちの袋は、旅に必要なもんを色々入れておいた。シェリィ、お前さんにだ」

おお、プレゼントですか！　ありがとうございます！

いそいそと受け取る。ずっしりと重量感のある袋は、肩にかけられるように丈夫な紐《ひも》がついている。ショルダーバッグみたい。

なかには、マントらしきものと、あとはよくわからない石とか色々入っている。何に使うのかは、後でギルに聞いてみよう。

ギルは、差し出された剣を見て驚いているようだ。

「……ずい分と良い品じゃないか。いいのか？」

確かに、渡された剣は鞘《さや》に細かい細工《さいく》が施《ほどこ》されているし、そこはかとなく年代物の貫禄がある。私にはその程度しかわからないけど、ギルにはその凄《すご》さがわかるらしく、戸惑っているようだ。

「なぁに、俺が若いころ使ってたやつだ。頑丈だし使い勝手もいい。餞別《せんべつ》だ、もらってくれ」

「だが……」

なおも渋るギルに、ガッドゥさんは少々強引に剣を押しつけた。

「ジョーンズの野郎に、お前に合わせて鍛え直してもらったんだ。いいから、持ってけ」

「わかった、ありがとう。ガッドゥ爺《じい》」

ギルは、手渡された剣をじっと見つめてから、礼を言う。

うん、ギルに似合ってる！　格好いい！

「……頑張れよ」

ガッドゥさんが、穏やかな笑みを浮かべ、ギルと私に言う。

このとき、私の胸にぽっかりと隙間ができるような感覚があった。

きっと、これが見送られるがわの寂しさというやつなのだろう。

「ああ、へこたれねぇよう頑張るわ」

「頑張り、ます！」

私は、ちょっとだけ声を震わせてしまった。

ガッドゥさんの家をあとにすると、私とギルは並んで村のなかを歩いた。

何となく、そうしたかったのだ。

私にとってはほんの少しの滞在だったけど、それなりに楽しい思い出もある。そして、ギルは四年もこの村に居たのだと聞いている。私以上に、感慨深いものがあるだろう。

「あっ！　ギルさんにシェリィ」

途中、野菜がたくさん入った籠《かご》を抱えたラティくんに出会った。

イエルは本当に凄《すご》いやつだったようで、ラティくんは事件による怪我《けが》の後遺症もなく、元気に過ごしている。本当に、ラティくんに関してだけは感謝してやってもいいと思う。

「良かった、まだ村に居たんだね！」

ラティくんは、ホッと息を吐くと駆け寄って来た。

「ああ、そろそろ出発しようかと思ってはいたけどな」

「そうなんだ……」

ギルの言葉に、ラティくんは寂しそうに笑う。

そういえば、ラティくんは私と同じように、ギルに拾われたのだっけ。

二人の間には、私にはわからない絆《きずな》があるのかもしれない。

「僕、ギルさんには本当に、よくしてもらったのに……」

まだ何にも、返せてないよ――とラティくんは俯《うつむ》いた。

泣くのを堪《こら》えているように見える。

「なに言ってんだ。団の仕事で、お前には何度も助けられてんだろ」

「ギルさん……」

苦笑を浮かべるギルに、ラティくんは微かに笑う。

「僕、本当に感謝しています。ギルさんが、僕に居場所をくれたから……」

「お前が、作った居場所だ」

ギルの言葉に、ラティくんは顔を上げる。

「俺はきっかけでしかない。今あるのは、全部お前が作り上げたものだ」

「……ほんと、ギルさんには敵《かな》わないや」

ラティくんは吹っ切ったように笑うと、ギルに手を差し出す。

ギルが、その手を握った。

「今まで、ありがとうございました」

「ああ、俺も世話になった」

二人の別れの挨拶《あいさつ》は、とても晴れやかなものだった。男の友情ってやつだね！

彼らを見ていると、子竜仲間を思い出す。皆、大丈夫かなぁ。私を心配して泣いてないといいんだけど。

「あっ、そうだ。シェリィ」

「うん」

二人の邪魔をしないように、それとなく距離をとっていた私は、名を呼ばれラティくんに駆け寄る。

因《ちな》みに、私とラティくんの身長は同じぐらいだ。ラティくんは、チェリシュと同じ年で十四歳なのだと聞いた。

ラティくん、チェリシュと違って優しいけども。

「ルーの実、好き？」

「好き！」

即答した私に、ラティくんは笑い声を上げる。うぬぅ、何故《なぜ》笑われる。ギルまで苦笑してるし！

だって、ルーの実美味《おい》しかったんだよ、甘酸っぱくて！

「そう、良かった。ルーの実を乾燥したものを袋に詰めておいたんだ。ジャックさんに渡したから、旅の間にでも食べてね」

「うん！　ありがとう！」

わーい、絶対食べよう！　楽しみー！

嬉しくてにやける私に、ラティくんは笑いかける。

「シェリィ、元気でね」

「う、うん！」

そうだった！　旅に出るということは、ラティくんともお別れなのだ。急に自覚した私は、少しだけ落ち込む。

お別れは、寂しい。そう思う。

「手紙、書くの！」

「うん、楽しみにしてるね」

よし、今、決意した！　綺麗な文字を書けるよう、帰ったら練習しよう！　私、文字は読めるけど、書いたことは今までないからね。

「ギルさんと仲良くね」

その言葉には、全力で頷かせてもらった。

私がお世話になった深き森に根づく村は、ギル曰《いわ》く、カサトア王国の中心から南に外れたところにある。

不思議な力を帯びた森と、切り立った崖《がけ》に囲まれた、とても交通が不便な場所だ。外部との接点は、グラヴァイルという街しかない。

この前崩れてしまった崖の間にある道が行き来できる唯一の道だというのだから、それだけで村がどれほど閉ざされているのかがわかる。

そんな閉鎖的な村だけど、村の人たちの気性は凄《すご》く穏やかでのんびりとしている。

何たって、突然現れた子竜を受け入れられるくらいだからね。

過ごした日数は、それほど長くはないけれど、村の広場で子どもたちに追われたり、果樹園でおやつ代わりに果物をもらったり……とても楽しかった。

――良い村。

私は、ギルの隣で村を見渡し、心のなかでそう呟く。

遮竜殿《しゃりゅうでん》に帰って、正式な名づけの儀式を受ける。そうすれば、私は完全なる大人の竜になる。

大人になっても、騎竜《きりゅう》としての仕事をするようになっても――村のことは忘れない。

そう思った。

「二人とも、お帰りなさい」

家に帰ると、朝食の後片づけを終えて、お茶を飲んで一服しているジャックさんが居た。

ただ朝と違うのは、ジャックさんがマントを羽織り、旅装束《たびしょうぞく》になっていることだろうか。

実はジャックさんも一緒に、グラヴァイルへ行くのだ！　私たちは、グラヴァイルの騎士団へ行くのが目的だけど、ジャックさんは、村で採れたものを売りに行って、貴重な調味料とか、他に布とか色々と買い出しに行くのだって。

ついでだから、私たちと一緒に出ることにしたのだ。

ジャックさんとはまだお別れしなくていいのだと思うと、少しホッとする。

「準備は終わったのか」

「ええ、ほとんど終わってますよー」

そう言うと、ジャックさんは部屋の隅《すみ》に置いてある大きめの鞄に視線を移す。

うむ、準備万端！

私は、ガッドゥさんからもらった旅仕様の鞄を掲げる。

「これ！」

「おや、もらったんで？」

「うん！」

ジャックさんの言葉に、私は元気良く頷く。

贈られたばかりの鞄を自慢する。

新しいものって、何だか嬉しくて仕方なくなるよね。

新しい鞄！　えへへ。

「シェリィ、ご機嫌ですね」

「ああ。鞄を見ては、顔がにやけてやがる」

ジャックさんとギルの会話に、私は頬を膨《ふく》らます。

「にやけて、ない！　にこにこ！」

「ああ、はいはい」

不満を表す私を、ギルはぞんざいに扱う。酷《ひど》い！

まったく！　ギルは、もうちょっとぐらい、子竜時代並みに私を甘やかすべきです！

ん、甘い？

甘いといえば……そうだ！

「ルーの実！」

ぴょんっと、私は飛び跳ねるようにして、ジャックさんに近づく。

すっかり、忘れていたよ！

「ジャックさん！　ルーの実！」

ぴょんぴょん跳ねて、私は一生懸命訴える。

ルーの実をジャックさんに預けたという、ラティくんの言葉を思い出したのだ。

「ああ、そういえばラティからもらってましたねー」

ジャックさんは、そうだったたと頷くと、綺麗に仕舞われている荷物へ向かう。鞄を開け、なかから麻の袋を取り出した。

「これです。ラティからもらったルーの実は」

「それ！」

漂《ただよ》う甘い匂いに、私は顔を綻《ほころ》ばせる。甘いもの、大好き！

わくわくしながらルーの実を見つめる私に、ジャックさんが苦笑を浮かべている。

「本当に、中身はまだまだ子どもなんですねー」

「だろ？　すぐに、興味が他に移ってくんだよ」

ジャックさんに同意したギルも苦笑いだ。

「私、大人！」

なんだ、なんだ！　私が子どもだとう！　よく見なさい！

三頭身を脱した、この体を！

えへんと威張った胸だって、それなりの膨らみがあるのだ。

見た目は、完璧に子どもではない。

「見た目は、な……」

ぬう。心を読まれたかのようなタイミングで、ギルにツッコミを入れられてしまった。

「み、見た目だけじゃ、ないもん……」

尻すぼみになりつつ、私はもごもごと口を動かす。

こ、心だって、ちょっとは成長してる、もん。自信は、ないけども。

……ちょっとだけ、欲望に忠実なだけだもん。

「むう」

「そうやって、むくれるとこが、ガキだってんだよ」

ぐっ、ギルの言うことはもっともである。

ここは、素直に従う方が良いだろう。

だって、ギルに嫌われたくないもの！

素直な子は、好きですか！

「うん、ごめんなさい」

こてんと、小首を傾《かし》げて私は言う。

サラリと流れる私の髪にギルが一瞬目を奪われたのを、私は見逃さない。見た目も立派な武器になるのである。恋の前には、卑怯という言葉は存在しないのだ。

「あ、ああ。まあ、そのなんだ。別に、謝る必要はないだろ」

照れているのか、視線を不自然にさまよわせて言うギル。

ギル、可愛《かわい》い！

「ギル、だいすきー」

私は、衝動のままギルの腕に飛びつく。子どもっぽい口調にしたのは、ワザとである。

私は大人？　いえ、時と場合によって、子どもにもなる便利な存在なのです。

「な、おい……っ」

ビクッと、絡めた左腕からギルの震えが伝わる。でも、チェリシュのときとは違い、迷惑そうな様子はない。ふふーん。

だって、私とギルはパートナー。立ち位置が違うのだよ、チェリシュよ！

「あー、相変わらずのいちゃつき振りですねー」

ジャックさんは呆れているようだけど、私は気にしない。

服越しに感じるギルの体温、うっとりである。

「仲良し！」

私は、キリッと表情を引き締めてジャックさんに言い放つ。

「そうですねー」

同意してくれるジャックさん、良い人！

そんな私たちにギルは、右手を額《ひたい》に当てて深いため息をついている。諦めも肝心ですよ、ギル。

邪険にされないのを良いことに、満足するまで私はギルに散々まとわりついたのだった。

「ルーの実にー、マントにー、発火石《はっかいし》にー、光石《ひかりいし》にー、ルーの実ー」

「ルーの実、二回言ってんぞ」

ようやくギルから離れた私は、真新しい鞄の中身を、口に出しながらの点検中である。

因《ちな》みに、発火石と光石については、ギルとジャックさんから説明を受けていた。

発火石は、魔法石と呼ばれる特殊な石に火を封じ込めたもので、火を起こすのに使うとのこと。

光石は、暗い場所で発光する不思議な鉱石だ。薄暗い森などを旅するときに重宝《ちょうほう》するらしい。

魔法石については、私のなかに知識として存在していたけど、実物を見るのは初めてだった。

魔法石っていうけど、元になっているのはどこにでも転がっているただの石だ。手頃な石に、魔法屋という職業の人が魔力を封じ込めると魔法石になるという。簡単な魔法ばかりなので、お手軽にできるらしいよ。

値段もお手頃で、旅のお供に最適なのだ。

ガッドゥさんは、旅によく使う発火石《はっかいし》と光石《ひかりいし》を多く用意してくれたらしい。ありがたいことです。

「ルーの実、大事なの！」

「あんまり食べ過ぎちゃ、ダメですよ」

ジャックさんに釘をさされ、私はちょっと視線を逸らす。

「わ、わかって、ますよー」

「……おい、ジャック。ルーの実は、お前が持ってろ」

私の様子に不信感を持ったのか、ギルは眉を寄せ、素早い動きで私の鞄からルーの実を奪い去る。

そして、あっさりとジャックさんに投げ渡してしまった！

「わかりましたー」

「いやー！」

私のルーの実ー！

「いやー、じゃないですよー。あんまり食べ過ぎると、お腹壊すんですから、これ」

「旅の間、腹下したくねーだろ」

ジャックさんとギルに言われ、私はしょんぼりと肩を落とす。

確かに、お腹ピーピーになってるところを、ギルに見られるのは嫌だ。

「……わかった、です」

「よし」

私の返事に、ギルは満足そうに笑う。

そんなギルにときめいちゃう私の恋心は、なかなかに厄介かもしれない。

「じゃあ、シェリィ。マント羽織って、準備してくださいよ」

「うん」

私はいそいそと、マントを取り出す。

薄緑色のマントは、留《と》め具にユリハと呼ばれる花を彫り込んである。何となく、女の子らしい作りだ。

ガッドゥさん、実は心配りもできちゃう人だったのか。さすがです。

マントを羽織り鞄を肩から斜めがけすると、私はすでに準備を終えていた二人のもとに駆け寄る。

「よし、じゃあ行くか」

言いながらギルは扉に、手をかけた。

開かれる扉に、私はわくわくとした高揚感を覚える。

一週間ほどの道のりとはいえ、初めての旅だ。

しかも、ギルと一緒！

嬉しくならない方が、おかしいのである。

別れは寂しいものがあるけれど、新しいものにはいつだって心惹かれるのだ。

いざ行かん、グラヴァイルへ！

このときの私は、ただドキドキしているだけで、遮竜殿《しゃりゅうでん》に帰ることの意味をわかっていなかったのだ。遮竜殿で待つ出来事も、何も――

家を出るとたくさんの村の人たちがいて、別れを惜しんでくれた。

すれ違う人も、わざわざ待っていてくれた人も。皆が、別れの言葉をくれる。

「寂しくなるねぇ。元気でねぇ」

涙ながらにギルの手を握るのは、村長さんのところのおばあちゃんだ。子竜のときも、人型になった今も、私を可愛《かわい》がってくれる優しい人である。ギルは、四年前からこの村に居て、三年前に傭兵団《ようへいだん》に入るまでの一年間を、このおばあちゃんがいる宿屋で過ごしていたんだって。

「……手紙、出すよ」

苦笑するギルだけど、口調は優しい。

「シェリィちゃんも、達者でねぇ」

「うん！」

おばあちゃんに言われ、私はこくりと頷く。

おばあちゃんの後ろでは、村長さんの娘さんが少しだけ表情を曇らせて立っていた。躊躇《ためら》うように口を開いては、すぐに閉じるといった行動を繰り返しつつ、その視線はギルへ向いている。

……何となくだったけど、私は娘さんの気持ちに気づいていた。

娘さんが、ギルに対して好意を持っているって。

元から面倒見の良い娘さんだったけど、ギルに対しては殊更《ことさら》口数が多かった気がする。

ラティくんたちが異形に襲われた件でも、彼女は真っ先にギルに助けを求めに来た。

村には、ガッドゥさんが居るというのに、だ。

それだけ、彼女のなかでギルの存在が大きかったのだろう。

ただ、ギルと親密な関係になろうとは考えていないようだった。

娘さんには悪いけれども、私にしてみれば助かったのである。世話好きで気立ても良い彼女とギルを争ったら、きっと苦戦するに違いないからだ。私を除いた女の子で、ギルと一番親しいと言えるのは娘さんなのである。

私は、彼女から受けた数々の恩と、同時に恋敵《こいがたき》としての思いの間で、複雑に揺れていた。

「……元気、でね」

娘さんは、微かに震える声で別れの言葉を口にする。

「ああ、あんたもな」

ギルは、娘さんに微笑を向ける。

女の人が苦手なギルにしては、珍しいことだ。

……チェリシュよりも、娘さんを警戒すべきだったのかもしれない。うぬう。

「シェリィちゃん」

娘さんに呼ばれ、思うところのある私だけど、反射的に駆け寄ってしまう。だって、ずっと可愛《かわい》がってもらってたし。

「なに？」

「……ギルのこと、よろしくね」

温かい微笑みとともに伝えられた。

彼女はギルに、気持ちを伝えないことにしたのだろう。そして、私の背を押し応援することに決めたのだと思う。

「いいこと、散々ギルの女嫌いを煽《あお》っといて、後からすり寄ってくる子なんかに、負けちゃダメよ！」

チェリシュのことだろうか。いや、チェリシュのことに決まっている。

「うん！　負けない！　私のものにする、の！」

「そうよ！　その意気よ！」

娘さんに激励され、私のやる気は跳ね上がった。時代は今や、草食系じゃない。肉食系でいくのだ！

可愛い子竜にだって鋭い牙《きば》と爪があることを、ギルに教えてやるのですよう！　いや、正確には子竜じゃないけども。

「先手、必勝！」

ぐっと拳《こぶし》を握り締める私に、娘さんは力強く頷いてくれた。
娘さんの吹っ切れたような笑顔が、印象に残った。
あれ。そういえばチェリシュの姿が見えない。どうかしたのかな。
いやいや、ライバルのことなんか気にしちゃダメだ。
私は、チェリシュを意識の外に追い出した。

エピローグ

村長さんたちとのお別れを終えて、私たちは森の出入り口とは別にある、村の入り口へ向かう。

ギルとジャックさんは、旅の行程を話し合いながら歩いている。

私はその隣で、ギルのマントを掴んで歩いていた。

いよいよ村の外へ出発である。

お別れは寂しかったけど、もう切りかえた。今の私の機嫌は、最高潮だ。だって村を出れば、邪魔なチェリシュは居ない。彼女がギルにまとわりつき、ギルの精神をがし削ることもない。

ジャックさんは私の恋路を邪魔しない良い人だ。つまり旅の間、私がギルを独占できるのは決定なのである。

グラヴァイルへの旅の間に、ギルを陥落させることだってできてしまうかもしれないのだ。

「……ふふっ」

思わず笑い声が出てしまった。

「シェリィ、どうかしたのか？」

ギルに問いかけられたので、私はにっこりと満面の笑みを浮かべて答える。

「良いこと、あるの！」

そう、良いことばかりだ。

下心満載の私の答えに、ギルはそうか、良かったなと笑った。

グラヴァイルへは、徒歩で行く。

村には馬が一頭しかいない。自給自足の村にとってそれは貴重な存在だ。

そんな大事な馬を使わせてもらうわけにはいかないし、グラヴァイルへは一週間で着くくらいだからと、徒歩で進むことになったのだ。

一度、私が竜の姿になって、ギルとジャックさんを乗せていこうかと言ったのだけど。

今のあやふやな契約で竜の姿になるのはどんな危険があるかもわからないうえ、突然竜が現れたりしたらグラヴァイルの街が騒ぎになるからダメだと、ギルに言われてしまった。

……これって、心配してくれてるってことだよね。愛されてる私！　とひとりでテンションが上がったのは内緒だ。

「さて、行くか」

村の門をくぐり、ギルは少しだけ村を振り返るとそう言った。

「うん！」

私はギルのマントを引っ張り、元気良く返事する。

「シェリィ、はしゃぎすぎて迷子にならないでくださいよー」

「ならない！」

ジャックさんの言いように、少しだけ私はむくれる。はしゃぎすぎの部分は否定できないけども！

ジャックさんは、よいしょとかけ声を上げると、背負った荷物の具合を確かめるように揺らした。

ジャックさん、大荷物ですね。

ジャックさんの体の半分はあるリュックは、ぱんぱんに膨《ふく》れていて、凄《すご》く重そうだ。

それなのに、ジャックさんは苦もなく背負っている。

「ジャックは、傭兵団《ようへいだん》のなかでも力の有る方なんだ」

と、ポカンと口を開けて呆《ほう》けている私に、ギルが教えてくれた。

ジャックさん、凄いー！

ナイフ投げや家事以外にも、特技がたくさんあるのですね！

ジャックさん、かっこいーい！

私は、テンションが上がったまま、ギルのマントをくいくいっと引っ張る。

「ギル、ギル」

「ん、なんだ？」

ギルが見下ろしてきたので、私は真剣な表情を作り口を開く。

「ギルも、かっこいい！」

「お、おう。何だよ、急に」

急にじゃないよ。ジャックさんもかっこいいけど、やっぱりギルが一番だもん。

それだけは、ちゃんと伝えねば！

「……いちゃついてないで、早く出発しますよー」

ジャックさんが呆れて言う。

このやり取りは、日常化しつつあるなと思う。

「いちゃついてねーよ」

ギルが照れたように言い返すのも、いつものことだ。
うむ、この旅の間に。
「いちゃついてる」って、ギルに認めさせる！
頑張れ、私！

番外編　兄ちゃんと私

ある日の昼下がり。

私は、子竜仲間に埋もれながらすよすよと眠っていた。

まだ生後二ヶ月。キラキラな赤ちゃん竜である私たちの睡眠欲は、膨大だ。

『……もう、たべられない』

『わるものは、やっつけるのー』

むにゃむにゃと口元を動かし、寝言を言う私たち。

ミルア、もう食べられないよーう。

夢のなか、私はたくさんのお菓子や果物に囲まれていた。エクレアやシュークリームもある。美味《おい》しそーう！

まだまだ小さな私は、お菓子の間をちょろちょろと動き回り、そしてミルアにかじりついた。あれ、甘くない。

「きゅきゅっ！」
すると、誰かの悲鳴が聞こえた。悲痛な叫びだ。
そして、ぺちぺちと顔を叩かれる。容赦《ようしゃ》のない叩き方。
『いたい！』
私は叫んで、体を起こす。私を叩き、眠りから覚ましたのは、赤いのだった。
『それは、こっちがいいたいよ！』
目に涙を溜《た》めた赤いのに、私は怒鳴《どな》られてしまう。
『なんで、かんだの！』
『え……？』
赤いのが差し出した右前足には、確かに歯型がついている。
あれ？　夢のなかのミルアって、まさか……？
「きゅー……」
赤いのは、痛そうに前足をさすっている。
ああ、私は寝ぼけて、赤いのをかんじゃったのか。
『あかいの、ごめんねー』
ぺこぺこと頭を下げる。

赤いのはふうっと息を吐くと、頷いてくれた。

『もう、いいよ』

許してくれた！

赤いの、ありがとうー！

私は赤いのに、すりすりと頬ずりをした。

「きゅー！」

『くすぐったいー』

二匹揃って、きゅうきゅうとじゃれ合っていると、他の子竜たちも目を覚ましたらしい。続々と体を起こすのが見えた。

『なになにー……？』

『あたらしいあそびー……？』

黄色と黄緑が、目をこすってきゅうきゅうと鳴く。

『みんな、あそぶ……』

黒いのも、白いのも起きてきた。

『にゅー……』

青いのも、目をしぱしぱさせながら、歩いて来る。

結局、いつもの七匹揃ってしまった。

皆、どうする？　なにする？　とばかりに目をキラキラさせている。

お昼寝しゅーりょーである。

原因は、私と赤いのだけど。ちらりと赤いのを見ると、赤いのも目を輝かせている。

うむ。こうなれば致し方あるまい。

『みんなで、あそぶのー！』

私はそう叫び、子竜たちへダイブしたのだった。


それから子竜たちと絵本を読んだり、追いかけっこをしたりして過ごした。すると、ご飯の時間でもないのに、飼育部屋の扉が開かれた。

『あれー？』

『おねえさんが、ひとりだけー？』

きゅうきゅうと私たちは、不思議に思って鳴く。

入って来た白いワンピースの女の子が、目を瞬《またた》かせた。彼女は、私たちのお世話をしてくれる人たちのひとりだ。

「まあ、子竜さま方。起きていらしたのですね」

『あかいのたちに、おこされたのー』

『あそぶのたのしいよー』

私たちは口々に言いながら、世話役の女の子の足元に集まる。

女の子たちが来るのは食事の時間と、遊びやお散歩の時間など。私たちにとって楽しい時間に来てくれる存在なのだ。

でも、そういうときは数人でやって来るのが常だ。なのに、今はひとりだけ。なんで？

『おねーさん、あそぶの？』

『ぼーる、もってくる？』

黄色と黄緑が女の子に尋ねる。

女の子は両膝をつくと、ゆるゆると首を横に振る。

「いいえ。今日は遊べませんの」

そう言われ、私たちは見るからにしょんぼりとしおれた。

世話役の女の子たちと遊ぶのは、私たちの楽しみの一つなのだ。遊べないなんて、残念だ。

女の子は苦笑を浮かべると、何故《なぜ》か私を抱き上げた。

なになにー。私とは遊んでくれるのー？

私は女の子の胸元にすりすりする。甘えたい放題だよ！

「ふふ、子竜さまは甘えん坊ですわね」

だって、私。世話役の女の子大好きだもんー。

「子竜さま。今から、お散歩に行きましょう？」

「きゅ？」

女の子の申し出に私は首を傾《かし》げる。

はて？　彼女は遊べないと言ったのに、お散歩に行くとは、どういうこと？

『おさんぽ、いきたいー！』

『いきたいー！』

他の子竜たちも、口々に言う。

だけど、女の子はそれもダメだとばかりに首を振る。

「申し訳ありません。リースの子竜さま以外は外にお出しすることはできないのです」

リースの子竜さまとは、私のことである。

『えー！』

『ずるいー！』

子竜たちは、女の子の周りをうろちょろしながら、不満を訴える。

「本当に、申し訳ありません」

女の子は私を抱えたまま、深々と頭を下げる。

その様子に、不満たらたらだった子竜たちも口を閉ざす。女の子の申し訳ないという気持ちが伝わったのだ。

まだ生後二ヶ月で自分の感情を優先しがちな私たちだけど、人間の、心からの言葉には弱いのだよ。真心とも言うね。

『……わかったのー』

『はやく、かえってきてねー』

渋々引き下がる子竜たちに、私はきゅうっとひと鳴きして応える。

「皆さま。ご理解頂きありがとうございます」

そう言うと、女の子は私を抱っこしたまま立ち上がった。

「では、子竜さま。参りましょう」

「きゅ！」

お散歩、どんと来い！　である。

『いってらっしゃーい』

『またねー！』

子竜たちに見送られ、私は飼育部屋を後にした。

私たちの暮らす竜舎は広い。石造りの建物で、ちょっとひんやりとしてる。

そんな竜舎の廊下を、私は女の子に抱っこされたまま進んで行く。向かう先は、中庭だ。そこが、いつものお散歩コースだからだ。

私たちは、世話役の女の子たちに抱っこされて、中庭まで連れて来られる。そこで日向ぼっこをするのだ。ぽかぽかの太陽は気持ち良いんだよー。私、大好き。

太陽の下、皆とじゃれ合うのだ。あんまりドロドロになると、そのあとお風呂に直行なんだけどね。日本人感覚の私、お風呂大好きだよ！　今はあんまり頻繁には入らせてもらえないけど。竜の鱗《うろこ》って、自浄作用があるのかあんまり汚れないのだ。残念。

そんなことを考えている間に、私たちは中庭へ降りていた。この竜舎の中庭は広々としていて緑も多い。ぽかぽかとした陽気が、気持ち良い。

『ねえねえ、おねーさん』

私は女の子を見上げる。

「なんですか。子竜さま」

『なんで、わたしだけおさんぽなの？』

他の皆はお留守番なのに。

私の疑問に、女の子は柔らかく笑った。とても嬉しそうな笑みだったので、私はちょっと困惑する。何だろう。何かあるのかな。

「本当は、もう少しだけ内緒にしていたかったのですが……」

「きゅう？」

内緒とな。何か秘密めいた感じがして、わくわくするな。

『なにがあるの？』

「それはですねぇ……」

女の子が言いかけて、口を閉じた。

私たちの上に、大きな影が差したのだ。雲が太陽を隠したのだろうか。それにしては、一瞬の出来事だった。今は、太陽の光が私たちを照らしている。

女の子が、私をゆっくりと撫でる。

「さあさあ、子竜さま。空を見上げてくださいませ」

『そら？』

何だろうと、言われるまま見上げて、私は絶句した。

だって、空に大きな竜が飛んでいるんだもの。

あれって……成竜《せいりゅう》？

なんて大きいんだろう。

銀色の鱗《うろこ》が、太陽の光に反射してキラキラしてる。美しい竜だ。

「あの方は、カイギルスさま。子竜さまの兄君さまですよ」

「きゅっ!?」

女の子の言葉に、私は驚いた。

私に兄が居るというのは、初耳だったからだ。

確かに、黄色と黄緑の例もある。私に兄が居てもおかしくはないのかもしれない。

「昨日、子竜さまとの面会の許可が出たのですよ」

『そうだったんだ……』

ああ、だから私だけお散歩に連れ出されたのか。兄ちゃんと面会させる為に。

それにしても、だ。あんな美竜が、私の兄ちゃんだなんて、びっくりだよ。

「本日は演習が予定に入ってましたから、帰還してすぐに会いに来てくださったみたいです。子竜さま、愛されてますね！」

『そ、そっかな』

何だか、照れるなぁ。

ピイイイと、高音域の鳴き声がして、私の兄ちゃんだという竜が降りてくる。

その背に人影を見て、私は首を傾《かし》げた。

『あの人は？』

女の子に聞いてみると、女の子は笑みを深くした。

「カイギルスさまの竜騎士である、アーサーさまですよ」

『兄ちゃんの竜騎士！』

おお、重要な人物ではないか。アーサーさん。うん、覚えた！

バサバサと翼をはためかせ、凄《すご》い風圧を起こしながら、兄ちゃんたちは中庭に降りてきた。

「カイギルス、調子はどうだい？」

『ああ、問題ない』

中庭に降り立ったふたりは、そんな会話をしている。鞍から降りた兄ちゃんの竜騎士、アーサーさんは爽《さわ》やかな笑みを浮かべている。何だか、童話に出てくる王子様みたいな人だなぁ。キラキラしてる。あ、この世界には本物の王子様が居るんだっけ。カサトア王国は名の通り、王政だもんね。

「……そこに居るのが、我が竜であるカイギルスの兄妹かな」

「は、はい。そうです」

女の子が頬を赤くしながら、頷く。

アーサーさんのキラキラに、照れているんだろうな。気持ちはわかるよ。

「さあ、子竜さま」

そっと女の子はかがみこんで、私を地面に下ろした。抱っこしゅーりょー。

促《うなが》された理由をちゃんとわかっている私は、ちょこちょこと前足、後ろ足を使い歩き出す。

兄ちゃんとアーサーさんに、ご挨拶《あいさつ》すればいいんだよね？

爽やかな笑みを浮かべて、私を見ているアーサーさんの横で、私の兄ちゃんは直立不動で立ち尽くしている。成竜《せいりゅう》は凄く大きいから、迫力がハンパない。

普通ならば恐怖で震えるかもしれないけれど。私は、子竜とはいえ立派な竜だ。そして、相手は大きいとはいえ兄ちゃんである。

何を怖がる必要があるだろうか！

私は真《ま》っ直《す》ぐ、兄ちゃんに向かって行く。

『こんにちはー』

挨拶もしっかりする。可愛《かわい》い子竜の仕草全開である。初対面なのだから、愛想良くしなくちゃね。

「きゅっきゅー！」

「ふふ。可愛《かわい》いね、カイギルス」

アーサーさんが、にこにこと隣に並ぶ兄ちゃんに話しかける。

『……』

兄ちゃん、無言だ！

「きゅっ！」

私は、ひとまず兄ちゃんの目の前にちょこりと座った。そして、見上げて小首を傾《かし》げる。

『……』

しかし、兄ちゃんはずっと無言だ。だけど、視線は私に固定されているようだ。見えてる？　私のこと、無視してない？　大丈夫？

『あなたは、にいちゃんですか？』

『……』

聞いてみても、やはり無言だ。

むー。困ったぞ。

女の子はハラハラしながら、私と兄ちゃんを見ているし。アーサーさんは、笑顔のま

まで何も手助けしてくれない。

ぬう。つまんない。子竜さまとしては、もっと楽しいことを要求したいのだ。

そのとき、一匹の蝶《ちょう》がヒラヒラと飛んでくるのが見えた。うう、じゃれつきたい。赤ちゃん竜の私は、好奇心が旺盛《おうせい》なのだ。

ちょうちょは、私を翻弄《ほんろう》するかのように、兄ちゃんの足元に飛んでいく。

うう、もう我慢できない！

「きゅうー！」

私は蝶と戯《たわむ》れるべく、兄ちゃんの足の間に飛び込んだ。

兄ちゃんが息を呑む音がした気がするが、今の私には関係ないのだー！

「きゅう！　きゅう！」

ちょうちょさん、待ってー！

蝶は、ひらりひらりと私をかわしていく。うぬう。

私の動きに合わせて、兄ちゃんが足を動かす。すまぬ、兄ちゃん。私はもう止まらんのよ。

私は兄ちゃんの足元で、ちょろちょろし続けた。

その間、兄ちゃんが緊張し続けていたなど知る由《よし》もなく。

はしゃぐ私。緊張する兄ちゃん。

均衡《きんこう》は、突然崩れた。私が、兄ちゃんの右後ろ足に体を引っかけてしまったのだ。

『ぬ……っ!?』

動揺する兄ちゃん。

当の私は、あちゃーやっちゃったー、てへー、な感じだった。

しかし、兄ちゃんはそうはいかない。

兄ちゃんは、動揺のあまり。私を引っかけたまま、右後ろ足を上げてしまったのだ。

それも勢い良く。

瞬間、私の体が浮いた。

「子竜さま！」

女の子が悲鳴を上げる。

そう、私はポーンと空中を飛んでいたのだ。もちろん兄ちゃんに蹴《け》られたのが原因だ。

「きゅーう」

私は空高く飛んでいた。風が気持ち良いー。

そして、私は落下した。ポーンポンと地面を転がり、女の子の靴にこてんと当たって、ようやく止まる。

しんと、あたりが静かになる。

無音が続くなか、響いた声は――

『だ、大丈夫か⁉』

それは、兄ちゃんの声だった。兄ちゃん、美声ですよねー。

「きゅっ！」

兄ちゃんの声に、私はすぐさま体を起こす。

『ぜんぜん、いたくないよー！』

ぴょんぴょんと、その場で飛び跳ねてみせる。うん。元気元気！　ひゃっほーい！

『そ、そうか。大丈夫ならば良いのだ』

「カイギルス、良かったね」

アーサーさんもホッとしたようだ。

「子竜さま、お怪我《けが》などは……」

『ないよー！』

私はまた、ぴょんぴょんと飛び跳ねて答える。元気いっぱーい！

「良かった……」

女の子も、ホッと息を吐いた。ご心配おかけしましたー！

そう思いつつも、私の体はすぐに、またうずうずし出した。さっきのポーンが楽しかったのだ。

　私は直《す》ぐに、兄ちゃんのもとに駆け寄った。

『にいちゃん、にいちゃん！　また、ポーンやってー！』

『……兄ちゃん、か』

　兄ちゃんが何やら呟いた。兄ちゃんって呼ばれるのが不満なのかもしれない。もしかして、「お兄ちゃん」または、「お兄さま」が良いのかな？　でも、私は兄ちゃんって決めたのだ。我慢しておくれ。兄ちゃん！

「兄ちゃんって呼ばれているのかい？　新鮮だね」

　アーサーさんが、面白そうに笑う。

『ねー、にいちゃんー。ポーン、もういっかいー！』

　私は、兄ちゃんの足元をちょろちょろと動き回る。

「アーサーさま。子竜さまは、先ほどの出来事を遊びだと認識なさったようです」

「へえ。本当に面白い子竜だね」

　女の子がアーサーさんに説明するなか、私は兄ちゃんにまたポーンをしてもらっていた。たーのしーいー！

『にいちゃん、またやってー！』

ポーンでコロコロ転がった後、私はすぐさま兄ちゃんのもとに走る。

『お前は、変わっているな……』

兄ちゃんの呆れ返った声にも、私はメゲないのだ。

だって、ポーン楽しいもん！

兄ちゃん、律儀につき合ってくれるし！　やっさしぃー！

今度、子竜仲間にも自慢しなくちゃ。

私には、格好良くて優しい兄ちゃんが居るんだよって。

その日は、私が飽きるまで兄ちゃんにポーンをしてもらった。

この日を境に、兄ちゃんとはちょくちょく会えるようになり、ポーンは恒例と化した。

やがてアーサーさんの竜騎士仲間であるザックさんとも知り合うとは、このときの私はまだ知らない。ザックさんは、アーサーさんから私のことを聞いて興味を持ったんだって。

これが、私と兄ちゃんの出会いだ。

後に、兄ちゃんが私大好きになるなんて、あのときは思いもしなかったけれどね。

書き下ろし番外編

花で彩りましょう

油断とは、恐ろしいものである。

「深き森に根づく村」にて、ギルさんにより村の人たちに紹介されたあと。

皆が友好的に丁寧に接してくれるから、私は油断しきっていたのである。

……子どもたちの活発さを。行動力を。失念していた。

気が付くと私は、子供たちに囲まれていたのである。

大人が忙しくしている時間を、彼らは熟知しているのだ。侮《あなど》りがたし！

そうして、私は村はずれの池の近くまで連れて来られたわけで。

「竜ちゃん！　お花だよ！」

「いっぱい咲いてるね！」

男の子たちは池で魚釣りに興じて、女の子たちはお花畑で私を囲んでいる。

最初は男の子たちも珍しい子竜である私と遊びたがっていたけれど、そこはほら。この年頃は、女の子の方が強いから。押し切られる形で私の身柄は女の子たちのものとなった。

まだまだ口では敵《かな》わないよね！

でも私は、ギルさんのそばにいたかったかな！　らぶらぶしたかったよ！

とはいえ、子供たち相手に全力出して逃げるのもなあ。怖がられたいわけじゃないし。

はあ、困った。

女の子たちは、思い思いにお花を摘《つ》んでいる。見張っているつもりなのか、それとも遊んでいるのか。私を撫でている子がふたりいる。くう、撫でられるの好き！

「竜ちゃんは可愛《かわい》いですねえ」

「まんまる、可愛い！」

「まだ、赤ちゃんだもんね」

ぬ！　聞き捨てならない！　私はもうただの赤ちゃんじゃないんだから！　恋する赤ちゃん竜なんだよ！

「きゅう、きゅうう！」

「あはは、くすぐったいよ！」

「急にすりすりして、どうしたの？」

しまった。白き乙女にしてた癖で、撫でられると甘えてしまうんだよー！

でも、楽しいからいいか！

「きゅう！　きゅきゅ！」

「ははは！」

「竜ちゃん、可愛《かわい》い！」

女の子たちにじゃれていると、お花を摘《つ》んでた子たちが戻ってきた。

「あ！　ずるい！」

「わたしたちも！」

ぎゅうぎゅう抱きしめられる。竜は頑丈だからいいけど、赤ちゃんには優しくね！

「竜ちゃんがくるしいよ！」

「だめだよ！」

私を撫でていた女の子たちが注意すると、抱きしめていた子たちは慌てて離れた。

「ごめんね！　竜ちゃん！」

「きゅうきゅう！」

気にするなと手をポンポンと撫でる。伝わったのか、女の子たちは笑みを浮かべてくれた。

うんうん、子どもは笑顔が一番だね！

「竜ちゃん、いい子！　お礼に可愛くしてあげるね！」

ん？

「竜ちゃんには、お花が似合うってみんなで言ってたのよ」

「ねー！」

ほう、花が似合うか。悪くない。もっと言って！

「ここはお花いっぱいだから、竜ちゃん可愛くなれるよ！」

「まっててね！」

そうして女の子たちは、また花畑に散っていく。実に楽しそうだ。

さて、私は残った女の子たちに再びじゃれつくのである。ほら、まだ赤ちゃんだからね！　甘えたい盛りなんだよ！

しばらくキャッキャしていたら、大量のお花を抱えて女の子たちが戻ってきた。おおう、すごいカラフルだね。

「お花、いっぱーい！」

「すっごーい！」

「いいにおい！」

はしゃぐ女の子たちにつられ、花を見上げ匂いをかぐ。確かに良い香りだ。

「竜ちゃんもきにいったみたい！」

「よかった！」

うん、いいと思う。もの凄《すご》いカラフルだけど！

「さあ、竜ちゃん」

ん？　なに？

「可愛《かわい》くなろうね！」

おや？　なぜ、私を囲むの？

皆の笑顔が、怖く感じるのだけど……

じりじりと、手が伸びてくる。お花も一緒に。

「きゅ、きゅー！」

何をする気だね!?

十分後。

私は、お花の匂いに包まれていた。

「きゅー……」

「わあ！　可愛い！」

「竜ちゃん、すごくにあってる！」

「はなやかな、よそおいっていうんだよ」

「なあに、かっこいい！」

女の子たちは大盛り上がりだ。うう……

下を見る。顔ごと花に埋もれた。まあ、いい匂い。

そう、今の私は花まみれなのだ。ねえ、大丈夫？　これ、大丈夫なの？

「竜ちゃん、可愛くなれてよかったねえ」

女の子がにこにこ笑いかけてくる。本当に？　君ら、けっこう好き勝手にしてたよね？

なんか、カラフルと表現したけど、実際はまとまりがなくて……極彩色《ごくさいしき》になってますが。

目に痛い。

「お花のわっかもにあうよー」

「ねー！」

……その、統一感を無視された花冠《はなかんむり》をどうするのだね？　キラキラというかギラギラしていますが。

「はーい、竜ちゃん！」

あ、やっぱり私が着けるんだね。

拒否権、欲しいなあ。

女の子たちは躊躇《ためら》うことなく、花冠《はなかんむり》を私の頭に載せた。サイズはぴったりだ。一つだけだと思っていたのに、次から次へと頭に積まれていく。え、どういうこと？

「みんなから、竜ちゃんへのおくりものー」

「わたしのも、つけてね！」

いやいや、いやいや、花冠は一つで充分だよー！　重いよ！　ずっしりしてるのだけど！

「にあうー！」

「きれいー！」

ねえ、本当に？　大丈夫なの？　子竜の愛らしさ、損なわれてないかな？

女の子たちの美的感覚に疑問を抱いていると、池にいた男の子たちが騒ぎ出した。

「あ！　竜が、花のばけもんになってる！」

「うっわー！」

「おまえら、ひどいことするなよ！」

……うん、分かってた。だから、子どもの素直な感想に傷ついたりなんかしないんだから！　くすん。

「ひどいのは、そっち！」

「こんなに可愛《かわい》いのに、ばけものとか！」

「ばかあ！」

女の子たちが言い返しながら、泣き出してしまった。あちゃあ……

「な、なんだよ！　なくのは、ひきょうだぞ！」

「そ、そうだぞ！」

慌てだす男の子たち。焦る気持ちはわかるよ。

「ないてないー！」

「うあああん！」

号泣だ。

慰《なぐさ》めようにも、花に埋もれた私には何もできない。困った。どうしたら……

しかし、天の助けは来たのである。

「なーにやってんだ、お前ら」

「ギルにいちゃん！」

ギルさんだ！　救いの神は、ギルさんだったのだ！

くう！　ちょっと会わなかっただけなのに、姿を見ただけで胸が高鳴るう！　かっこいい、かっこいいよ！　ギルさん！

「おいおい、女の子を泣かせるなよ」

「だって、あいつら。竜にひどいこと……！」

「ち、ちがうもん！　可愛《かわい》くしてあげたんだもん！」

子どもたちの言葉に、一瞬眉をひそめるギルさん。それは、私が害されたかもしれないと心配してくれたんですよね！

「きゅう！　きゅーう！」

嬉しくなった私は、今の姿を忘れて鳴き声を上げてしまった。しかし、時すでに遅し。ギルさんは、私を視界にとらえてしまった。

「お前、チビ、なのか……？」

ギルさんの声は震えている。口をきゅっと引き結んだのを、私は見逃さなかった。ギルさん、笑いを堪《こら》えてますね？

くう！　つらい！　恋する相手に、極彩色《ごくさいしき》な花まみれを見られるなんて！

しかも、笑い声もれてるし！

「お、お前ら。チビは大切な客人だ。遊びに付き合わせたりする、な、よ」

語尾！　語尾が震えてますよ！　ギルさん！

「だ、だって……」

「竜ちゃん、可愛いし……」

子どもたちは口をもごもごさせる。

ギルさんは、苦笑した。

「親にも言われてんだろ？　皆、チビの姿が見えなくて心配してるんだ。今日は特別に、お前らが連れ出したことは内緒にしてやるから」

「にいちゃん……」

「その代わり、お前ら仲直りしろ。な？」

優しい声で、ギルさんは子どもたちに言い聞かせる。

子どもたちは目を見合わせて、お互いに謝罪を口にした。仲直り完了！

「竜ちゃん、またねー！」

仲良く手を繋いで、子どもたちは家路についたのだった。

……極彩色の私と、口を押えて肩を震わすギルさんを残して！

「きゅう！　きゅきゅきゅ！」

「わ、悪い。今、外してやるからな」

抗議に鳴く私に、やはり笑いを隠しきれないギルさんが震える手で、花を取り除いていく。

うう、ひどいよ！

「災難だったな」

まったくだ！　女の子たちに悪気はないのだろうけど、乙女心は傷ついたんだから！

まあ、感じてた怒りとか悲しみは……

「じゃあ、帰ろうか。本気で、心配したんだからな」

安堵から笑みを浮かべたギルさんに抱っこされたことで、霧散したのだけどね！

ギルさん、大好き。

待望のコミカライズ!

ある日、悪霊はびこる異世界にトリップしてしまった、見習いパティシエールのエミ。困っていたところをイケメンな騎士様に助けられ、甘党な彼にお礼としてプリンを作ったのだけれど——ひょんなことから、エミの作るお菓子が悪霊を浄化できることが判明!　あれよあれよという間に祀《まつ》り上げられ、伝説の『浄化の姫巫女』として、悪霊退治をすることになってしまい……?

*B6判 *定価：本体680円+税 *ISBN978-4-434-25611-0

アルファポリス 漫画　検索

本書は、2016年4月当社より単行本として刊行されたものに書下ろしを加えて文庫化したものです。


この作品に対する皆様のご意見・ご感想をお待ちしております。

おハガキ・お手紙は以下の宛先にお送りください。

【宛先】

〒150-6005 東京都渋谷区恵比寿4-20-3 恵比寿ｶﾞｰﾃﾞﾝﾌﾟﾚｲｽﾀﾜｰ 5F
（株）アルファポリス　書籍感想係

メールフォームでのご意見・ご感想は右のＱＲコードから、
あるいは以下のワードで検索をかけてください。

アルファポリス　書籍の感想　検索

ご感想はこちらから

RB

レジーナ文庫

竜転《りゅうてん》だお！ 1

文月《ふみつき》ゆうり

2019年　4月20日初版発行

文庫編集－野口美穂・宮田可南子
編集長－塙綾子
発行者－梶本雄介
発行所－株式会社アルファポリス
〒150-6005 東京都渋谷区恵比寿4-20-3 恵比寿ｶﾞｰﾃﾞﾝﾌﾟﾚｲｽﾀﾜｰ5階
TEL 03-6277-1601（営業）　03-6277-1602（編集）
URL http://www.alphapolis.co.jp/
発売元－株式会社星雲社
〒112-0005 東京都文京区水道1-3-30
TEL 03-3868-3275
装丁・本文イラスト－十五日
装丁デザイン－MiKEtto
（レーベルフォーマットデザイン－ansyyqdesign）
印刷－株式会社暁印刷

価格はカバーに表示されてあります。

落丁乱丁の場合はアルファポリスまでご連絡ください。

送料は小社負担でお取り替えします。


ISBN978-4-434-25817-6 C0193